W PUŁAPCE SPRAWIEDLIWOŚCI

W PUŁAPCE SPRAWIEDLIWOŚCI

Damian Jopa

Copyright © **Damian Jopa, 2024**

Wszelkie prawa zastrzeżone | All rights reserved

Książka ani żadna jej część nie może być publikowana w jakiejkolwiek formie bez wcześniejszej pisemnej zgody autora. Dotyczy to także fotokopii i mikrofilmów oraz rozpowszechniania za pomocą nośników elektronicznych. Niedozwolone jest także odczytywanie książki w środkach publicznego przekazu bez pisemnej zgody autora.

Projekt okładki: Dominika Caddick

Redakcja: Ada Johnson

Korekta: Katarzyna Dańska

Zdjęcie autora na okładce: Joanna Jędrzejek

Skład i łamanie: Gabriel Wyględacz – Studio Akapit

ISBN: 978-83-970935-8-4

Wydanie I, 2024

Firma Wydawnicza DC Books

e-mail: dcbooks.firmawydawnicza@gmail.com

Szanuj pracę autorów, tłumaczy, redaktorów, korektorów i wydawców. Korzystaj tylko z legalnych źródeł.

*Dedykuję tę książkę swojej siostrze Ewie,
która spoczywa już w pokoju...
– niech światło prowadzi Cię dalej! –
oraz wszystkim duszyczkom
wspierającym mnie w procesie tworzenia.
Pragnę również podziękować całemu zespołowi,
bez którego to dzieło, drogi Czytelniku,
nie znalazłoby się w Twoich rękach*

*Wszystko ma jakiś morał,
pod warunkiem, że umiesz go znaleźć*
– Lewis Carroll

NIEZWYKLE ZWYKŁE ŻYCIE

O BUDZIŁ MNIE DŹWIĘK przejeżdżającego w pobliżu motocykla. Kaszlący silnik najwyraźniej usiłował uświadomić właścicielowi, że jego pojazd powinien już przejść na emeryturę.

W ostatnim czasie poranki wyglądały bardzo podobnie: przypadkowa pobudka spowodowana jakimś hałasem z zewnątrz, a potem kilkugodzinna próba zwleczenia ciała z łóżka, wypełniona przeglądaniem głupkowatych filmików na Facebooku lub graniem w bezsensowne gry. Odkąd rzuciłem dobrowolne niewolnictwo – bo tak nazywałem każdą pracę – tradycyjny budzik nie istniał w moim życiu. Nazywałem to wolnością, choć nie każdy rozumiał mój styl życia. Gdyby nie pełny pęcherz i głód, nie wiadomo, czy w ogóle wstawałbym z łóżka, aby cieszyć się dniem.

W Daventry zamieszkałem osiem lat temu. Przeprowadziłem się do Wielkiej Brytanii za sprawą mojej siostry Eweliny. Jeszcze wtedy nie wiedziałem, że zostanę tu tak długo. Chciałem tylko zarobić kilka funtów, a potem wrócić do ojczyzny. Jak się okazało później, nie byłem jedyną ofiarą lepszych zarobków i łatwiejszego życia za granicą.

Na zewnątrz widać było ciemne chmury. Krople deszczu delikatnie muskały okna, jakby chciały napisać na szybie jakąś miłą wiadomość każdemu mieszkańcowi miasta. Słońce postanowiło dłużej pospać i nie zamierzało podnosić ciemnej pierzynki z chmur. Pomimo wiosny można było pomyśleć, że zaczyna się jesień.

W taką pogodę zawsze miałem zły humor. Od pewnego czasu pracowałem nad sobą, by widzieć świat w jaśniejszych kolorach. Czasem pomagało przywołanie krążącego po Internecie cytatu: „W życiu nie chodzi o czekanie, aż burza minie. Chodzi o to, by nauczyć się tańczyć w deszczu". Dzisiejszego ranka to nie zadziałało. Wraz ze mną obudził się też Pan Maruda, przypominając od razu słowa mojej znajomej: „To ja jednak sobie poczekam pod kocykiem". Dziś zadziałał na mnie inny motywator: za półtorej godziny spodziewałem się gościa.

Tradycyjnie zacząłem dzień od porannej toalety. Tym razem jednak do codziennego rytuału dołączył proces golenia. Mój zarost przypominał bardziej młodzieńcze piórka niż szorstką męską szczecinę. Patrząc na swoje odbicie w lustrze, miałem wrażenie, że przygląda mi się jakiś imprezowicz, który właśnie przebudził się po ostrej, kilkudniowej balandze. Faktem natomiast było, że wbrew zbliżającej się trzydziestce wydawałem się o wiele młodszy. Kilkanaście lat temu sytuacja prezentowała się całkiem inaczej. Jako nastolatek byłem otyły i zaniedbany, przez co wyglądałem na starszego, niż wskazywała metryka. To natomiast skutkowało tym, że rówieśnicy często wysyłali mnie do sklepu po alkohol i papierosy. Nikt ze sprzedawców nie pytał mnie nigdy o dowód osobisty. Aż się dziwię, że byłem wtedy z tego powodu taki szczęśliwy. Składam to na karb młodzieńczej przywary, objawiającej się tym, że nastolatkowie czują niezrozumiałą ekscytację, kiedy ktoś traktuje ich jak osoby dorosłe.

Teraz odczuwałem dumę ze swojej przemiany, chociaż – jak chyba każdego – wciąż dopadało mnie czasem poczucie niedowartościowania. Być może zbyt często.

Kolejnym porannym rytuałem było przygotowywanie mikstur. To właśnie dzięki nim – a przynajmniej tak sądzę – zachowuję swój młodzieńczy wygląd i smukłą sylwetkę. Najpierw wypiłem wodę z cytryną i imbirem, a potem mocny szot z octu jabłkowego domowej roboty.

Kiedy już zakończyłem ten ceremoniał, spojrzałem krytycznie na mieszkanie. Byłem zaprzysięgłym fanem porządku. Irytowało mnie to, że mimo regularnego sprzątania na podłodze pojawiają się jakieś paprochy, a na meblach osiadają drobinki kurzu. Czasem myślałem, że jeszcze trochę i wszelkie żyjątka nielegalnie zamieszkujące to mieszkanie postanowią same się wyprowadzić. Ewelina nabijała się ze mnie, gdy wpadałem w szał sprzątania. Mówiła, że chyba jeszcze nie widziałem brudnego domu. Namawiała jednocześnie, abym wyluzował i nie stwarzał sam sobie problemów, a stanę się szczęśliwszy.

Cóż, czasem nawet miałem ochotę się z nią zgodzić.

Założyłem dżinsy i koszulkę z napisem *I've been called a lot of names in my lifetime but UNCLE is my favorite* – prezent od szkrabów mojej siostry.

Wróciłem do kuchni i wyjąłem z szafki dwa kubki, aby wsypać do nich kawy. Jakby miało to zaoszczędzić co najmniej trzy czwarte mojego życia! Dysponowałem sporą kolekcją kubków, ale te dwa należały do moich ulubionych. Różniły się kształtem, za to łączył je motyw wielobarwnych motyli. Oba dostałem od Wiktorii, którą często przedstawiałem znajomym jako kuzynkę. W rzeczywistości była siostrzenicą mojego szwagra. Gdy przyjechałem na Wyspy, Wiktoria była jedną z osób, które pomagały mi stawiać pierwsze kroki w obcym kraju. Później stała się również towarzyszką imprez, a skończyła w roli przewodnika mojego wewnętrznego rozwoju. Ludziom często wydawało się, że jesteśmy rodzeństwem. Trudno było wytłumaczyć, jakie relacje faktycznie nas łączyły, więc przedstawialiśmy się jako kuzyni. Tak było prościej i naturalniej. Choć nie istniały między nami więzy krwi, czuliśmy się rodziną.

Wkrótce usłyszałem pukanie do drzwi.

– Już jestem! – Iza jak zawsze promieniała. Jej uśmiech wpływał na mnie tak pozytywnie, że momentalnie zapominałem o wszystkim innym.

– Co pijesz? – W zasadzie umawialiśmy się na małą czarną, ale to było wczoraj, przecież wiele mogło się zmienić. Zauważyłem też, że to pytanie miałem już zakodowane, tak jakbym podchodził do postaci w grze i po raz kolejny słuchał zaprogramowanej frazy. – Przepraszam za bałagan – dodałem.

– Poproszę o kawę. – Najpewniej kwestia niewidocznego bałaganu już ją znudziła, więc postanowiła ją przemilczeć.

Gdy przygotowałem nasz napój bogów, przyniosłem kubki do salonu. Usiedliśmy na kanapie, którą niegdyś udało mi się zakupić za butelkę wina. Jakiś czas się z Izą nie widzieliśmy, więc najpierw musieliśmy nadrobić wszystkie plotki dotyczące towarzystwa, w którym się oboje obracaliśmy. Do standardowych elementów naszych spotkań należała też sesja tarota. Iza wyjęła karty, ponieważ stwierdziła, że czas najwyższy odkryć, co czeka mnie w nadchodzących miesiącach.

– Zadaj pytanie i wybierz kartę – nakazała.

Swoim zwyczajem wybrałem tę, która najbardziej wpadła mi w oko.

– No, no, no! – rzekła z uznaniem. – W niedalekiej przyszłości czeka cię nowa znajomość, która może otworzyć ci furtkę do lepszego życia. Na początku ta relacja będzie dość burzliwa. Od ciebie zależy, w jakim kierunku się potoczy. Chcesz sprawdzić coś jeszcze? – Wzięła łyk kawy i spojrzała na mnie z pytającą miną.

– Dziękuję, nie trzeba – odpowiedziałem.

Dałbym sobie głowę uciąć, że rzeczywiście pomyślałem wtedy o tej przepowiedni jako wystarczającej i satysfakcjonującej. Jakbym właśnie poznał odpowiedź na wszystkie nurtujące mnie pytania. Mam jednak obawy, że straciłbym głowę, w końcu pamięć bywa ulotna.

Iza nie próbowała mnie namawiać. Dopiła swoją kawę, spakowała karty, po czym oznajmiła, że musi lecieć, bo za godzinę ma klienta na masaż.

Zamknąwszy za nią drzwi, postanowiłem, że resztę dnia spędzę produktywnie.

W czasie ostatnich urodzin w mojej głowie powstał plan stworzenia własnych, naturalnych kosmetyków. Zdecydowałem wówczas, że dystrybucja odbywać się będzie jedynie w gronie najbliższych. Chciałem uniknąć poczucia obowiązku, a motorem moich działań miała być jedynie przyjemność z uszczęśliwiania osób, które wytrwale stały u mojego boku. Utworzyłem też na popularnym portalu społecznościowym grupę, na której ochoczo chwaliłem się zaprojektowanymi przez siebie produktami. Właśnie poprzez tę społeczność poznałem Izę.

Chciałem zrobić coś pożytecznego, więc postanowiłem, że uzupełnię zapasy kosmetyków w łazience. Zacząłem od przewertowania stron internetowych w poszukiwaniu domowego przepisu na stworzenie naturalnego szamponu do włosów. Moją uwagę przykuły dwie receptury; zdecydowałem się wypróbować obie. Postanowiłem, że tym razem nie będę niczego zmieniał w oryginalnych przepisach. Niestety, nie byłem zadowolony z ostatecznego efektu, szampon w ogóle się nie pienił, w dodatku zapach nie zachwycał. To jedynie potwierdziło moje przekonanie, że nic nie może zastąpić intuicyjnego eksperymentowania.

Nieco rozczarowany swoją kosmetyczną twórczością udałem się do kuchni, by przyrządzić obiad. Tu poszło mi znacznie lepiej i już wkrótce mogłem się delektować pysznym wegetariańskim spaghetti bolognese z czymś, co miało imitować mięso mielone.

Trochę poprawił mi się humor, więc wróciłem do robienia kosmetyków, choć tym razem w oparciu o własne receptury. Następne godziny upłynęły mi na tworzeniu kremu do twarzy o zapachu drzewa sandałowego oraz kremu do golenia na bazie oleju kokosowego i mydła kastylijskiego.

Jakież było moje zdziwienie, kiedy po skończonej pracy zobaczyłem, że za oknem pojawił się księżyc! W bloku naprzeciwko światło paliło się tylko w jednym oknie. W następnej chwili pojedynczy świetlik zgasł, jakby przyłapany na gorącym uczynku. Tym samym zamknęły się wszystkie oczy budynku.

Nie byłem jeszcze bardzo senny, ale przebrałem się w piżamę i położyłem do łóżka. Spokojnie czekałem na kojące objęcia Morfeusza.

*

Słyszałem, że są tuż za mną i doskonale wiedzą, gdzie jestem.

Las był otulony mgłą, z ziemi wystawały korzenie. Wyglądały jak ręce trupów przysypanych glebą. Chciały chwycić jakiegoś nieszczęśnika i wciągnąć go do swojej krypty, by już nie leżeć samotnie wśród gromady robaków. Te zaś niecierpliwie czekały na kolejną porcję mięsa, by wyżywić całą rodzinę.

Biegłem ile sił w nogach, w zasadzie nie wiedząc, dokąd i w jakim kierunku. Pędziłem na tyle uważnie, że ominąłem każdą napotkaną przeszkodę, tak jakbym to ja celowo je tam poumieszczał i zapamiętał, w którym miejscu je zostawiłem.

Nade mną był zielony liściasty dach, uformowany przez korony rosłych drzew tak, jakby chciały zasłonić resztki światła i nie pozwolić uciekinierowi opuścić leśnego labiryntu.

Nagle spomiędzy drzew wyłonił się tęgi mężczyzna z pozbawioną włosów głową i spiczastym nosem. Widziałem jego złowrogi uśmiech ułożony z ostrych jak brzytwa białych zębów. Z wyglądu przypominał trochę Gru z filmu o minionkach, jednak nie prezentował się tak przyjaźnie. Zaczął się nade mną unosić lekko jak latawiec, chociaż nie miał skrzydeł. Jego złowieszcza twarz przybliżała się do mojej coraz bardziej, a kiedy przestrzeń pomiędzy nami sięgnęła zaledwie milimetrów, na kilka sekund ogarnęła mnie ciemność.

Znalazłem się w tajemniczej sali, w której na samym środku umieszczono ogromny, prostokątny stół. Mebel zastawiony był różnymi ciężkimi naczyniami, wyglądającymi jak z epoki średniowiecza. Przy stole siedziało kilkanaście osób, ale żadna z nich nawet nie poruszyła głową w moim kierunku. Tak jakbym był niewidzialny lub w ogóle nie istniał. Przed każdą postacią ułożono pokryty miedzią talerz z dekoracyjnymi złoceniami i sztućce do kompletu oraz ustawiono masywny kielich, przypominający ten, którego używają księża w Kościele katolickim podczas eucharystii. Każdy z gości siedział w milczeniu i pełnym oczekiwania skupieniu, jakby za chwilę miał się pojawić kelner z tacą i spoczywającą na niej upieczoną świnią z wetkniętym do ryja jabłkiem, a zaraz za nim następny – z winem, którym wypełniłby po brzegi puchary wszystkich obecnych.

Pomyślałem, że coś takiego być może ożywiłoby towarzystwo i zapoczątkowało jakieś rozmowy. Nic takiego jednak się nie wydarzyło. Blat stołu nadal świecił pustą zastawą, drwiąc z głodujących uczestników przedstawienia.

Nagle, jak za sprawą czarodziejskiej różdżki, mnie olśniło. Przecież wszystkie te postacie były zaangażowane w polowanie na moje życie! Na dowód tego wśród siedzących przy stole zauważyłem Gru! Poczułem przejmujący ucisk w gardle, jednak zamiast strachu zaczęła we mnie rosnąć krwiożercza złość. Nie potrafiłem jej stłumić. Moje ciało poddało się kontroli potężnej siły, domagającej się sprawiedliwości.

Chwilę później znalazłem się przy stole, a moja ręka chwyciła najcięższy spośród znajdujących się tam przedmiotów. Zamachnąłem się najmocniej, jak potrafiłem, i z wielką siłą zacząłem po kolei rozłupywać czaszki osobom, które śmiały zagrozić mojemu istnieniu. Byłem zarówno zamachowcem, jak i obserwatorem tej krwawej sceny. Jednocześnie wydawało się, że w obu rolach nie miałem żadnego wpływu na zaistniałą sytuację.

Furia, która zawładnęła moim ciałem, nie odpuszczała ani trochę, co skutkowało systematycznym zmniejszaniem się liczby żywych osób na sali. Ku mojemu zaskoczeniu żadna z ofiar nie próbowała się bronić ani uciekać. Zrozumiałem, że zebrani przy stole wcale nie czekali na świniaka, tylko na mnie i na to, co miałem zrobić.

Dotarłem do ostatniej trójki przyszłych nieboszczyków. Były to same kobiety. Z oczu jednej z nich ciekły łzy, a na twarzy widać było coś w rodzaju skruchy. Opuściła głowę i spojrzała na zwłoki mężczyzny po swojej prawej stronie. Nie wiem, jakim sposobem, ale wiedziałem, że był to jej mąż.

– Nie dziwię się, że tak postąpił. Po tym, co mu robiliśmy przez te wszystkie lata – powiedziała, a mnie zaczęły ogarniać poczucie winy, rozpacz i strach. Byłem jak matka, która działając w afekcie, zabiła swoje dzieci, a potem, wyrwawszy się z amoku, nie może uwierzyć w to, co zrobiła.

W tym momencie kobieta spojrzała na mnie ponownie, a ja zdałem sobie sprawę, że jej słowa nie były prawdziwe i że zostałem oszukany. Bez wahania podniosłem rękę, aby dokończyć to, co przed momentem zacząłem...

Obudziłem się – bez strachu i jakiegoś wielkiego zdziwienia, jakbym po prostu miał dość uczestniczenia w tamtej scenie. Ostatnio moje sny właśnie tak wyglądały. Za Chiny Ludowe nie potrafiłem ich zinterpretować, ale wiedziałem, że wszechświat usiłuje mi coś przekazać.

Zegar wskazywał godzinę ósmą. Nigdzie mi się nie spieszyło, więc sięgnąłem po telefon i przekręciłem się na drugi bok.

Jak każdego ranka sprawdziłem te same aplikacje, na sam koniec pozostawiając przejrzenie Messengera. To przy nim zazwyczaj spędzałem dłuższą chwilę. Na ekranie widniało kilka wiadomości. Jakieś mało interesujące filmiki, wcale nie śmieszne żarty, pozdrowienia od najbliższych oraz przypomnienie o dzisiejszej zabawie, która miała odbyć się w tak zwanym *community centre*. Jakoś nieszczególnie chciało mi się w niej uczestniczyć, pocieszałem się jednak myślą, że gdy idę na imprezę z takim nastawieniem, potem zazwyczaj świetnie się bawię i nie żałuję, że dałem się namówić. Zresztą – czy ostatnio czegokolwiek żałowałem?

Po jakimś czasie zwlokłem się z łóżka, by przygotować kilka przystawek na imprezę. Wymyśliłem je w trakcie ostatnich zakupów spożywczych.

Z lodówki wyjąłem potrzebne produkty i zabrałem się do pracy. Wtedy przypomniało mi się, że miałem zadzwonić do koleżanki, by obgadać wspólne wyjście.

– Siemka, jak leci? – Ewa odebrała w ciągu kilku sekund. W jej głosie słychać było zadyszkę.

– Hej. Mam nadzieję, że nie przeszkadzam – rzuciłem żartobliwie. – Na którą się umawiamy?

– Może o dwudziestej czterdzieści pięć? – zaproponowała. Przeszło mi przez myśl, że złapałem ją w trakcie ćwiczeń. – Podjadę po ciebie i pojedziemy prosto na miejsce. Chyba że mam cię przedtem gdzieś podrzucić?

– Nie, nic z tych rzeczy. Chciałem tylko się upewnić, że o mnie nie zapomniałaś – odparłem, a ona parsknęła w słuchawkę.

– O tobie? Coś ty, przecież nie może zabraknąć gwiazdy wieczoru!

– Bardzo śmieszne – skwitowałem, nie wiedząc jeszcze, że ma trochę racji. – Okej, w takim razie do zobaczenia.

Już miałem wrócić do gotowania, gdy poczułem, że czegoś mi brakuje. Poszukałem bezprzewodowego głośnika i połączyłem go ze swoją komórką. Za chwilę popłynęły pierwsze takty piosenki *Rebel Heart* i Madonna zaczęła swój wywód:

Żyłam jak masochistka.

Ojciec mówił mi: „A nie mówiłem, a nie mówiłem?

Dlaczego nie możesz być jak inne dziewczyny?".

Ja na to: „O nie, nie jestem jedną z nich.

I raczej nigdy nie będę".

Kroiłem pieczarki, kręcąc biodrami. Pomijając fakt, że nie byłem dziewczyną, praktycznie cała reszta była o mnie. Gdy z głośnika wyleciały słowa: *Cholera! To właśnie ja. Jestem tam, gdzie powinnam być*, pomyślałem, że to najprawdziwsza prawda i sam nie zmieniłbym kompletnie nic w swojej przeszłości, bo przecież doprowadziła mnie do momentu, w którym teraz byłem.

W całym domu pachniało smażoną cebulą z czosnkiem. Zapewne wszyscy sąsiedzi słyszeli moje wycie, wtórujące pięknym i modulowanym głosom gwiazd, wykonującym swoje repertuary. Przeleciało mi przez głowę, że przechodzący obok mojego okna ludzie muszą mieć niezły ubaw, widząc gościa tańczącego w szlafroku i śpiewającego do łyżki jak do mikrofonu. Ani przez moment nie zapragnąłem, aby zasłonić im te widoki. Jak to śpiewał Freddie Mercury: *Show must go on*.

Tematem przewodnim wieczornej imprezy były maski, zaś strój miał być po prostu wieczorowy. Zaczął się więc najtrudniejszy etap przygotowań, a mianowicie wybór odzienia. Musiałem się tak odpicować, by powalić wszystkich na kolana.

Kręciłem się przy szafie dobrą godzinę. Przymierzałem każdy ciuch i próbowałem dopasować do niego resztę garderoby. Nic do mnie nie przemawiało. Zrezygnowany usiadłem na łóżku i sięgnąłem po telefon, by poinformować Ewę, że nici z dzisiejszego wspólnego wyjścia. Wiedziałem jednak, że muszę skłamać, ponieważ jeśli podam jej prawdziwy powód swojej decyzji, to wtargnie tu przed umówioną godziną, wybierze pierwsze lepsze szmaty i łaskawie ofiaruje dziesięć minut na przyszykowanie się.

Nagle przypomniało mi się, że przecież pod łóżkiem trzymam kostiumy zakupione na Halloween, a wśród nich – przebranie w stylu vintage. Kreacja składała się z czerwonego fraka z czasów wiktoriańskich, czarnej peleryny z kapturem, smolistego kapelusza oraz plastikowej, składanej laski z ozdobną gałką. Musiałem tylko dobrać do tego odpowiednie spodnie i założyć swoje słynne kruczoczarne, wiązane buty do kolan. No i nie zapomnieć o masce!

Byłem gotowy na długo przed umówioną godziną. Spakowałem do torby alkohol i przygotowane wcześniej przystawki. Czekałem na koleżankę, popijając kawę, by nie zasnąć w międzyczasie. Nigdy nie byłem zbyt cierpliwy, jeśli chodziło o wyczekiwanie kogoś. Całe szczęście Ewa zadzwoniła właśnie wtedy, gdy wypiłem ostatni łyk.

– Gotowy na całonocne skakanie przy muzyce i namiętne upajanie się drinkami? – W jej głosie słychać było ekscytację. Oczami wyobraźni widziałem, jak wierci się na swoim fotelu, jakby siedziała na pinezkach.

Podszedłem do okna i zobaczyłem jej auto.

– I to jeszcze jak, zresztą sama zaraz zobaczysz – odpowiedziałem, chwytając torbę.

– W takim razie się pospiesz – ponagliła. – Zastanawiam się, dlaczego jeszcze cię tu nie ma!

– Już biegnę!

Mnie też zaczęła ogarniać ekscytacja. Wyfrunąłem z domu, zamykając za sobą drzwi na klucz.

Idąc do samochodu, musiałem uważać, aby moje kulinarne wysiłki nie poszły na marne. Torba nie ważyła dużo, ale przez to, że ułożyłem jedzenie w obszernych pojemnikach, miała nieporęczny kształt. Gdyby przyszło mi dostarczyć ją do miejsca docelowego pieszo, pewnie musiałbym potem powtórzyć kąpiel.

Na widok mojej kreacji Ewa gwizdnęła z uznaniem.

– *Il n'est pire eau que l'eau qui dort**. Mówiłam, że nie może cię zabraknąć na tej imprezie. Jedziemy! – zawołała wesoło i ruszyła z piskiem opon. Chyba wszyscy moi sąsiedzi mieli się dowiedzieć, że tego wieczoru zaszaleję.

Gdy dojechaliśmy na miejsce, Ewa poinformowała mnie, że zostawi samochód na parkingu i odbierze go następnego dnia. Miała ochotę zabalować.

Przy wejściu czekała na nas organizatorka imprezy z listą gości oraz szampanem na powitanie. Spojrzawszy na mnie, uniosła wysoko brwi i pochwaliła moje wdzianko. Dodała, że się nie wymigam od wspólnego

---

* *Il n'est pire eau que l'eau qui dort* (franc.) – Cicha woda brzegi rwie

zdjęcia na ściance. Nie ukrywam, że sprawiła mi tym przyjemność. Wnet unosiłem się nad parkietem, gdy prowadzono nas przez obszerną salę do naszego stolika. Reszta znajomych siedziała już przy suto zastawionym stole.

– Ale żeś się wystroił! – wystrzeliła jedna z koleżanek i podniosła się, by uścisnąć mnie na powitanie.

– Też się cieszę, że cię widzę – odpowiedziałem z lekką ironią i odwzajemniłem uścisk.

Przywitałem się z resztą towarzystwa, a potem zasiadłem na swoim miejscu. Nie dało się nie zauważyć, że mój strój przyciąga uwagę. Patrzyli na mnie z ciekawością znajomi i nieznajomi, czasem dodając jakiś komentarz. Zadowolony, że dopiąłem swego, z lekkim sercem oddałem się biesiadowaniu. Gdy moja paczka wzniosła pierwszy tego wieczoru toast, podniosłem do ust kieliszek, wyobrażając sobie, że jest to złoty puchar z wygrawerowaną jedynką.

Z głośników zaczęły wypływać najprzeróżniejsze hity ostatnich kilkudziesięciu lat – od znanych wszystkim przebojów muzyki pop sprzed dekad aż po współczesne utwory disco polo.

Przez kilka pierwszych minut parkiet świecił pustkami. Wszyscy czekali na tę odważną osobę, która przełamie niewidzialną barierę pomiędzy rozstawionymi stołami a parkietem przeznaczonym do pląsów. Gdy tylko pojawiła się pierwsza para tancerzy, zaraz dołączyły do niej kolejne. Wkrótce sala zawirowała. Kiedy już wszystkimi owładnęła gorączka sobotniej nocy, niespodziewanie do akcji wkroczył wodzirej. Zarządził wyciszenie muzyki, po czym oznajmił, że nadszedł czas na pierwszą wspólną grę.

Zabawa polegała na tym, że DJ puszczał muzykę, a gospodarz programu co chwilę przerywał taniec, po czym wydawał komendy typu „jedna ręka, dwie nogi" czy „dwie nogi i jedna głowa". Każda z uczestniczących par musiała stanąć tak, aby jedynie wymienione części ciała dotykały podłogi. Po każdej rundzie eliminowany był jeden z duetów, któremu nie udało się wykonać zadania, aż do momentu, kiedy na parkiecie pozostał tylko jeden zespół.

Jako że nie byłem chętny, aby robić wygibasy na podłodze, dołączyłem do grona obserwujących, siedzących w bezpiecznej odległości od rozgrywającego się przedstawienia.

Zawodnicy wykonywali przeróżne figury, niektóre tak komiczne, że razem z resztą widowni pękaliśmy ze śmiechu. Do tego stopnia, że jednego z gości dopadła czkawka.

Po wyłonieniu i nagrodzeniu zwycięskiej pary konferansjer ponownie zabrał głos:

– A teraz, drodzy państwo, chcielibyśmy nagrodzić osobę, która wygrała w konkursie na najlepszy strój wieczoru!

W tym momencie podeszła do mnie kobieta. Skojarzyłem, że wcześniej sprawdzała listę obecności.

– Gratulacje! – powiedziała z uśmiechem. Uścisnęła mi dłoń, a następnie wręczyła kupon o wartości dwudziestu funtów do wykorzystania w pobliskiej pizzerii.

– Dziękuję serdecznie... Nie spodziewałem się... naprawdę! – mówiłem zszokowany. Nie miałem pojęcia, że uczestniczyłem w jakichś zawodach! – Czy... mógłbym powiedzieć kilka słów? – spytałem po chwili, a kobieta podała mi mikrofon. – Przyznam, że nie byłem pewny, czy będę się dziś dobrze bawił, nawet zastanawiałem się, czy przyjść. Długo szukałem odpowiedniego stroju, ponieważ chciałem, by był wyjątkowy i aby podkreślił moją osobowość. Chciałbym więc wyrazić wdzięczność za docenienie moich starań. – Uśmiechnąłem się lekko i podniosłem rękę z nagrodą. – Dodatkowo pragnę podziękować wszystkim zgromadzonym za wspólnie spędzony czas oraz niesamowitą energię, którą emanujecie. Dzięki wam ta noc jest wspaniała. A teraz... bawmy się dalej!

Po tych słowach na sali rozbrzmiały gromkie oklaski, krzyki i gwizdy, a ja z dumą zszedłem ze sceny, by dołączyć do swoich znajomych.

– Nie tak szybko! – Usłyszałem za sobą głos organizatorki. – Chyba pamiętasz o naszym wspólnym zdjęciu?

– Jasny gwint, przepraszam. Zapomniałem z tego wszystkiego!

Ustawiliśmy się przy zawieszonym na ścianie materiale, na którym wydrukowane były czerwono-białe schody na scenę z odsłoniętą kurtyną. Cały obraz przypominał wejście na ceremonię rodem z Hollywood.

– Uśmiech! – krzyknęła fotografka i wcisnęła spust migawki. Wykonała kilka zdjęć, a potem szepnęła mi do ucha: – Tak się cieszę, że przyszedłeś. Przyniosłeś ze sobą dużo pozytywnych wibracji.

Poczułem się, jakbym wygrał dziś o wiele więcej niż darmową pizzę.

*

Odkąd moja siostra wróciła do ojczystego kraju, rozmawialiśmy rzadziej. Jednak kiedy już udało się nam połączyć na wideokonferencji, gawędziliśmy kilka godzin, opowiadając sobie wszystko to, co wydarzyło się podczas naszych specyficznych cichych dni.

Tak było i teraz.

– Widzę, że ktoś tu się dobrze bawił! – zakpiła Ewelina, komentując aparycję człowieka, który poprzedniego dnia spożył nadmierną ilość alkoholu.

– Bujaj się – odburknąłem żartobliwie, a potem opowiedziałem jej z najmniejszymi szczegółami, jak było na imprezie. Pochwaliłem się też oczywiście swoją nagrodą. – Teraz twoja kolej, co u was?

Ewelina machnęła ręką, jakby jej opowieść nie była tak interesująca jak moja.

– Oboje z Markiem pracujemy, więc wszystko jest w należytym porządku. Dzieci zdrowe... – W tym momencie przywołała dzieciaki i na ekranie telefonu pojawiły się dwie dobrze znane mi buzie.

– Cześć, Dominiczku, kochamy cię. Tulaski dla ciebie, cmok! – Rodzeństwo przekrzykiwało się nawzajem, a potem moja siostrzenica wyjęła telefon z rąk mamy i przycisnęła go do swojej klatki piersiowej. Tym samym znalazłem się w wirtualnym uścisku, który chwycił mnie za serce.

– Ja też was kocham, moje szkraby – odpowiedziałem ze wzruszeniem i wysłałem im wszystkim soczystego buziaka.

Chwilę później dzieci wróciły do swojej zabawy. Musiały złowić jak najwięcej rybek, używając małej wędki. Zadanie utrudniała ruchoma platforma, kręcąca się w rytm wesołej melodii.

– Matko, jacy oni już duzi – zauważyłem zaskoczony.

Minęło kilka miesięcy od dnia, w którym Ewelina z bliskimi opuścili deszczową Anglię i wrócili do domu. Wcześniej widywaliśmy się praktycznie codziennie, więc nie odnotowywałem każdego dodatkowego centymetra u dzieci. Teraz, kiedy widziałem je rzadziej, wydawało mi się, że przy każdym spotkaniu są coraz wyższe. Jak tak dalej pójdzie, to za chwilę przerosną swoich rodziców.

Ewelina opowiadała mi o pozostałych członkach naszej rodziny. Wydawało się, że tylko ona nie poddawała się wyścigowi szczurów i znajdowała dla mnie czas. To od niej dowiadywałem się, jak aktualnie wyglądało życie w Polsce. Słuchając różnych nieprzyjemnych historii, utwierdzałem się w przekonaniu, że zrobiłem prawidłowy krok, gdy zdecydowałem się na emigrację. Nie mogłem sobie nawet wyobrazić siebie powracającego w rodzinne strony. Cieszyłem się jednak, że Ewelina odnalazła się w kraju. Pomimo wcześniejszych obaw z dnia na dzień radziła sobie coraz lepiej. Okazało się, że życie na emigracji ją ograniczało, nie dawało tego, czego pragnęła. Mieszkając na Wyspach, nie czuła się na swoim miejscu. Ze mną było odwrotnie.

Często zastanawiałem się, jak to możliwe, że dwie osoby tej samej krwi, wychowywane przez tych samych rodziców i pod tym samym dachem, tak odmiennie postrzegają te same miejsca.

Po rozmowie z Eweliną przeleżałem w łóżku jeszcze godzinę. W pewnej chwili jednak zerwałem z siebie kołdrę, zły, że marnuję kolejną niedzielę. Szybko doprowadziłem się do porządku i wyszedłem na spacer. Wujek Google zapowiadał deszcz, ale nie uznałem tego za przeszkodę, po prostu na wszelki wypadek założyłem płaszcz przeciwdeszczowy.

Nogi poniosły mnie po znajomych ścieżkach. Mieszkałem na obrzeżach miasta, więc otaczało mnie sporo zieleni, w pobliżu było też parę zbiorników wodnych. Ruszyłem wokół stawu, przy którym stało kilku wędkarzy. Zawsze podziwiałem ich stoicki spokój i cierpliwość.

Udałem się w stronę budynku, w którym mieścił się niedawno porzucony przeze mnie zakład pracy. Była to wytwórnia naklejek na butelki z alkoholem. Dość powiedzieć, że nie wykonywałem tam pracy marzeń – robota była monotonna, nużąca, nie dawała nawet najmniejszych szans na rozwój. Nie czułem, że żyję. Bałem się, że wpadnę w depresję, więc rzuciłem pracę z dnia na dzień. Miałem trochę oszczędności. Wiedziałem też, że w razie potrzeby mogę liczyć na pomoc ze strony państwa.

Idąc bujnie zarośniętą polaną, minąłem wytwórnię naklejek i znalazłem się przy przejściu, nad którym niegdyś pędziły pociągi. Kiedy zamknięto lokalną linię kolejową, żelazne tory zostały zastąpione chodnikami i ścieżkami rowerowymi; wzdłuż nich rosły drzewa i krzewy.

Minąłem tunel i moim oczom ukazał się kolejny staw. Otoczony wierzbami i inną roślinnością, był oblegany przez różnorodne ptactwo. Znalazłem miejsce, z którego jak na dłoni widać było cały zbiornik. Dwa łabędzie płynęły obok siebie. Czuwały, aby ich potomstwu nie stała się jakaś krzywda. Tuż za nimi kłóciły się dwie kaczki, popierając swoje argumenty głośnym kwakaniem i gwałtownym trzepotem skrzydeł. Na brzegu stało stadko gęsi i obserwowało tę awanturę, z dezaprobatą kręcąc głowami. Całości przyglądały się mewy krążące jak stróże prawa, wyczekujący momentu, w którym niezbędna będzie ich interwencja.

Postałem tak jeszcze chwilę, gdy nagle tuż przed moimi stopami przebiegł szczur. Odprowadziłem go wzrokiem, aż zniknął w trawie, znacząc swoją ścieżkę szelestem, a potem poszedłem wolnym krokiem dookoła wody.

Wróciłem do domu przyjemnie zmęczony i okropnie głodny. Upiekłem dżakfruta** i frytki, a w charakterze dodatków przygotowałem surówkę oraz domowy sos czosnkowy. Gotowanie sprawiało mi radość, lubiłem też zaprezentować posiłek w efektowny sposób, dlatego przez chwilę przyglądałem się z zachwytem daniu na talerzu. Postanowiłem spędzić resztę wieczoru przy filmie, najlepiej jakiejś dużej kinowej produkcji. Miałem tylko nadzieję znaleźć odpowiedni tytuł

** Dżakfrut (jackfruit, chlebowiec różnolistny) – gatunek rośliny z rodziny morwowatych, rosnący na drzewie bochenkowym. Stosowany często jako substytut mięsa.

szybciej niż zazwyczaj. W tym celu od razu napisałem do Izy. Nikt nie był lepszy w zapamiętywaniu godnych uwagi filmów.

„Siemaneczko. Przypomnij mi, proszę, jak nazywał się ten film, o którym ostatnio mi wspominałaś?" - Wysłałem wiadomość i z niecierpliwością czekałem, aż Iza ją odczyta.

Zrobiła to po dziesięciu minutach, podczas których ja cały czas wpatrywałem się w ekran telefonu. Na wyświetlaczu po lewej stronie pojawiły się trzy kropki, więc wiedziałem, że zaraz otrzymam odpowiedź.

„*Jedz, módl się, kochaj* z 2010 roku, na podstawie powieści Elizabeth Gilbert o tym samym tytule" - napisała, dodając na końcu emotikonę, która przedstawiała wyszczerzoną w uśmiechu żółtą buźkę.

„Jesteś boska, dziękuję" - odpowiedziałem, a ona zareagowała serduszkiem.

– Też cię kocham – powiedziałem na głos, po czym wyszukałem film na platformie streamingowej i zabrałem się do oglądania.

Ekranizacja książki totalnie wbiła mnie w fotel. Śledziłem losy bohaterki z ogromną ekscytacją, modląc się jednocześnie, by seans nie skończył się zbyt szybko. Odniosłem wrażenie, że mam dużo wspólnego z filmową Elizabeth, jakby wszystkie historie, które stały się jej udziałem, przydarzyły się także mnie – choć w poprzednim życiu. A teraz wróciłem, aby przeżyć coś więcej.

Oczarowała mnie scena, w której główna bohaterka wraz z przyjaciółką Sofi spotkały się w pizzerii. Sofi, pomimo wilczego głodu, postanowiła zrezygnować z posiłku, tłumacząc się tym, że przytyła kilka kilogramów. Liz zapytała towarzyszkę, czy kiedykolwiek zdarzyło się, aby podczas rozbieranej randki jakiś facet wyszedł z powodu jej rzekomej oponki. Przekonywała, że dla mężczyzny już znajdowanie się z nią w sytuacji intymnej było jak wygrana na loterii. Następnie zwierzyła się przyjaciółce, że ma dość budzenia się rano z wyrzutami sumienia z powodu wczorajszych kalorii. „Nie chcę być otyła, ale skończyłam z poczuciem winy. Zamierzam zjeść tę pizzę, potem obejrzymy mecz, a jutro urządzimy sobie małą randkę i kupimy większe dżinsy" - powiedziała stanowczo.

Właśnie o to w życiu chodzi - żeby czerpać przyjemność z każdej chwili. Także z jedzenia. Zapisałem sobie kilka cytatów, by potem wstawić post w mediach społecznościowych i zarekomendować film jako godny uwagi. Często dzieliłem się ze znajomymi takimi smaczkami.

W nocy długo nie mogłem zasnąć. Cały czas myślałem o fabule tego wspaniałego dzieła. Pomyślałem, że fajnie by było rzucić wszystko i wyruszyć w podróż, tak jak bohaterka, w którą wcieliła się Julia Roberts. Wyobrażałem sobie różne sytuacje, jakbym to ja odgrywał w filmie konkretne role. Zdałem sobie wtedy sprawę, że pomimo wdzięczności, którą z pewnością w sobie miałem, odczuwałem również swego rodzaju niedosyt. Chciałbym, aby moje życie było bardziej urozmaicone.

– Mam nadzieję, że niedługo wydarzy się coś ciekawego – szepnąłem w ciemność, nie zdając sobie sprawy, jak wielką moc miały wypowiedziane przeze mnie słowa.

*

Następny tydzień spędziłem w znienawidzonym przez siebie mieście, a mianowicie w Birmingham. Postrzegałem to miejsce jako metropolię brudu i czyhającego wszędzie niebezpieczeństwa. Postanowiłem jednak pomóc swoim starym przyjaciołom, którzy wybierali się na wakacje za granicę i nie mieli z kim zostawić swojej ukochanej suczki. Kilka tygodni temu pożegnałem się z wykańczającą mnie psychicznie nudą w pracy, więc dysponowałem czasem i możliwościami, by zaopiekować się zwierzakiem. Nie miałem zbyt wielu obowiązków, musiałem tylko nakarmić i wyprowadzić psinę, żeby nie narobiła w mieszkaniu i odetchnęła świeżym powietrzem.

Jej właścicieli poznałem kilka lat wcześniej, niedługo po przeprowadzce do Wielkiej Brytanii. Z początku mieszkałem z Eweliną i jej mężem w ciasnej kawalerce.

Rozumiałem jednak, że potrzebują prywatności, by założyć rodzinę, więc musiałem znaleźć sobie inne lokum. Tak spotkałem Kingę i jej córkę Beatę, a wkrótce i resztę ich rodziny.

Z początku nasze relacje były praktycznie znikome. Byłem bardzo zamknięty w sobie i niesamowicie nieśmiały. Kiedy przyszedłem oglądać mój ewentualny pokój i resztę domu, przyprowadziłem ze sobą siostrę i szwagra. Dziewczyny uznały, że muszę być strasznie ciapowaty, skoro wszędzie zabieram ze sobą starsze rodzeństwo, a zatem nie powinienem im sprawiać kłopotów jako współlokator.

Pierwsze miesiące po przeprowadzce spędzałem zazwyczaj w swoich czterech ścianach. Pozostałych domowników spotykałem jedynie wtedy, gdy wychodziłem do pracy albo coś zjeść, czasem natykałem się na kogoś w ogrodzie, gdzie szedłem, by zapalić. Jeszcze wtedy nie byłem rozmowny, więc nasze konwersacje miały charakter zdawkowych.

Mój pokój był dość duży. Wydawał się szczególnie przestronny po kilkumiesięcznym gnieżdżeniu się w klitce z Eweliną i Markiem. Moja „komnata" umeblowana była przez właścicieli domu, więc na szczęście nie musiałem się martwić o podstawowe wyposażenie. Znajdowało się w niej dwuosobowe drewniane łóżko, składana, tekstylna szafa z nakryciem oraz staromodna komoda.

Po opłaceniu czynszu i pokryciu podstawowych wydatków mogłem bez problemu pozwolić sobie na inwestowanie w rozrywki różnego rodzaju, a nawet na rozpieszczanie innych.

Polubiłem swoje nowe miejsce i starałem się być niekłopotliwym domownikiem – bałem się, że dziewczyny będą się chciały mnie pozbyć. Kiedy wracałem późno do domu po spotkaniach ze znajomymi, skradałem się po cichu, aby nikogo nie obudzić. Jakież było moje zdziwienie, kiedy po czasie wyszło na jaw, że nie zawsze mi to wychodziło! Zresztą moje współlokatorki też bywały nocnymi markami.

Kilka miesięcy później moje życie zaczęło się diametralnie odmieniać. Przestałem stronić od kontaktów z resztą domowników. Coraz lepiej poznawaliśmy siebie nawzajem, a ja odkryłem, co tracę, dobrowolnie zamykając się w klatce własnego umysłu. Z czasem nasze stosunki się zacieśniły na tyle, że spędzaliśmy ze sobą cały wolny czas, i były to chwile pełne niewymuszonej swobody i radości. Ta relacja pomogła mi otworzyć się na świat i zmienić swoje podejście do różnych aspektów życia.

Po kilku latach Beatę, jej chłopaka oraz Kingę pochłonęło przejmujące poczucie monotonii, przestało im się podobać mieszkanie w tak małym mieście, jakim było Daventry. Szybko podjęli decyzję o przeprowadzce, a kilka tygodni później cała trójka już przebywała w Birmingham. Nie dziwiłem się. Dziewczyny pochodziły z dużego akademickiego miasta w Polsce, a tam prawie codziennie można było słyszeć śmiechy i krzyki młodzieży, nawet po zmierzchu. Ponadto Birmingham było miejscem, w którym organizowano wiele wydarzeń kulturalnych, a tych zdecydowanie brakowało w małym Daventry.

Co ciekawe, w Polsce nasze domy rodzinne znajdowały się zaledwie pół godziny drogi samochodem od siebie, ale wszechświat postanowił, że nasze ścieżki złączą się dopiero dwa tysiące kilometrów dalej.

Rozłąka wywołała we mnie mieszane uczucia. Z jednej strony cieszyłem się, że moi przyjaciele odnaleźli dla siebie lepsze miejsce. Z drugiej zaś czułem smutek z powodu rozstania i zastanawiałem się, czy dam sobie bez nich radę w moim „nowym" życiu.

Szybko jednak się okazało, że nie doceniłem sam siebie. Gładko przechodziłem przez kolejne życiowe zakręty i byłem z tego dumny. Po czasie doszedłem do wniosku, że ten nowy etap był potrzebny. Beata i Kinga przez pewien czas były moimi przewodniczkami po życiu, jednak ten okres już się zakończył. Od teraz miały iść swoją drogą. Nie rozstaliśmy się na zawsze, ale mieliśmy spotykać się rzadziej.

Jeśli chodzi o moją sytuację mieszkaniową, udało mi się całkiem nieźle urządzić. Wprawdzie przeszedłem przez etap nieudanych współlokatorów, ale w końcu trafiłem na Rose, śliczną dziewczynę z Filipin, która tak jak ja przeprowadziła się na stałe do Anglii.

Z początku obawiałem się, że współlokatorka zaburzy moją przestrzeń, bo przez kilka miesięcy mieszkałem sam i cieszyłem się pełną swobodą. Rose jednak okazała się idealną osobą do dzielenia wspólnej przestrzeni. Zazwyczaj pracowała w godzinach nocnych, potem większość dnia odsypiała. Gdy miała wolne, wyjeżdżała gdzieś, bo kochała podróże. W efekcie w ogóle nie straciłem poczucia swobody, a zyskałem kogoś, kto płacił połowę czynszu.

Do Birmingham przywiózł mnie Kamil, chłopak Beaty. Przegadaliśmy całą drogę, więc podróż minęła bardzo szybko.

Z Kamilem łączyła nas dość skomplikowana przeszłość. Odkąd zamieszkałem z Kingą i jej córką, bardzo się z nimi związałem; chciałem, by było im w życiu jak najlepiej. Kiedy w naszej wspólnej przestrzeni pojawił się chłopak w roli partnera Beaty, obserwowałem nowy związek z pewnym niepokojem, szczególnie gdy się kłócili; w takich przypadkach to jego obarczałem winą. Niejednokrotnie wmieszałem się w kłopotliwą sytuację, co Kamil bardzo źle odbierał. Trudno było mu zrozumieć, że moje zachowanie spowodowane jest troską o przyjaciółkę. Z czasem pojąłem, że kłótnie między partnerami są czymś normalnym, a często nawet prowadzą do czegoś dobrego – zacieśnienia więzi.

Z biegiem czasu moja ingerencja w związek Kamila i Beaty znacząco zmalała. Kiedy w ich życiu pojawiały się sercowe kłopoty, ograniczałem się do porady, by słuchali swojej intuicji. To z kolei zdecydowanie poprawiło moją relację z Kamilem. Dzięki temu mogłem teraz spędzać przyjemnie czas w towarzystwie wybranka serca właścicielki psa, którym miałem się opiekować.

– O, już jesteście?! – Usłyszałem zaraz po przekroczeniu progu ich domu, a już po chwili znalazłem się w ramionach gospodyni.

Nasz radosny taniec przerwała po chwili mama Beaty, przybiegając z salonu.

– Jak miło cię widzieć! – przywitała mnie z radością Kinga i zgrabnie zastąpiła swoją córkę w moich ramionach.

– No, ciebie to się dzisiaj tutaj nie spodziewałem! – orzekłem, kiedy w końcu udało mi się od niej odlepić. – Specjalnie przyjechałem dzień wcześniej, żeby się z tobą spotkać, zanim wyruszycie do ciepłych krajów ogrzewać swoje gnaty, ale sądziłem, że będę musiał się pofatygować do ciebie. A tu taka niespodzianka!

Dziewczyny – bo tak cały czas nazywałem w myślach Beatę i Kingę – dwa lata temu zamieszkały osobno, więc było trudniej spotkać je obie naraz. Wiedziałem też, że Kinga zawsze zostawiała pakowanie na ostatnią chwilę, zatem byłem przekonany, że nie uda jej się wpaść z szybką wizytą do Beaty i Kamila, by się ze mną zobaczyć przed wyjazdem. A jednak życie wciąż potrafiło mnie pozytywnie zaskoczyć.

Następnego dnia cała trójka wyleciała bezpiecznie, aby odpocząć w promieniach słońca, którego w Wielkiej Brytanii często brakowało. Ja natomiast zostałem wraz z pieskiem w schludnym mieszkanku w drugim co do wielkości mieście w Anglii.

Suczka była już w podeszłym wieku, zatem nasze wspólne egzystowanie nie należało do aktywnych. Większość dni leżeliśmy na sofie i oddawaliśmy się słodkiemu lenistwu. Ja przeważnie oglądałem filmy, a moja współtowarzyszka chrapała smacznie, co jakiś czas zmieniając pozycję. Dobrze, że psy nie korzystają z ubikacji, bo wtedy już w ogóle nie wyszedłbym z domu, by odetchnąć świeżym powietrzem. Pogoda zresztą też nie zachęcała do wyjścia – tylko raz udało nam się wybrać na dłuższy spacer, z którego oboje wróciliśmy zziajani.

Nie przypominam sobie, abym kiedykolwiek spędził tyle czasu wgapiony w ekran telewizora. W swoim domu nawet nie miałem odbiornika. To była świadoma decyzja, podyktowana chęcią odizolowania się od fałszywych wiadomości w mediach i potrzebą częstszego spędzania czasu poza domem. Musiałem sam przed sobą przyznać, że nie wszystko poszło zgodnie z planem.

Teraz nadrabiałem zaległości i oglądałem filmowe hity z lat dziewięćdziesiątych. Okazały się całkiem ciekawe, choć w porównaniu ze współczesnym kinem zastosowane efekty specjalne były raczej ubogie. Obejrzałem też czeską komedię romantyczną, której bohaterka w swoje czterdzieste urodziny zażyczyła sobie znów mieć osiemnaście lat. Życzenie się spełniło i odtąd kobieta budziła się codziennie w dniu swoich osiemnastych urodzin. Oglądało się całkiem sympatycznie, choć ten motyw był już wielokrotnie wykorzystywany w innych ekranizacjach. Być może odpuściłbym sobie śledzenie tego ogranego wątku, gdyby nie fakt, że główna bohaterka przyszła na świat w tym samym dniu i miesiącu co ja. Uznałem, że to kolejna wiadomość od aniołów czy też innych dobrych duszków, pilnujących, abym szedł w odpowiednim kierunku. Oglądałem więc, chrupiąc chipsy. Nie miałem do czynienia z wybitnym dziełem współczesnej kinematografii, a jednak fabuła została w mojej głowie na dłużej.

Aktorka grająca solenizantkę próbowała wrócić do czasów teraźniejszych, po kolei zmieniając każdy aspekt swojego życia. Dowiedziała się przy tym wielu rzeczy, które umknęły jej, gdy była nastolatką. W drodze eliminacji bohaterka doszła do tego, że wszystko, co dotychczas przeżyła, miało jej pomóc naprawić utraconą przyjaźń. Nie do końca wiedziałem, co reżyser chciał przekazać za sprawą tej historii, ale ja sam znalazłem idealne podsumowanie: nie zmienisz przeszłości, ale możesz znaleźć w niej coś, co pomoże ci zmienić twoje dzisiaj. Czy nie jest to prawdą? Gdybyś choć raz nie dotknął płomienia, nie wiedziałbyś, że ogień parzy.

Kiedy urlopowicze wrócili do domu, ucieszyłem się przeogromnie. Miałem już po dziurki w nosie tego miasta; zawsze uważałem, że panuje w nim jakaś dziwna energia. O dziwo, zatęskniłem za swoim małym i nudnym Daventry. W dodatku nie byłem przyzwyczajony do mieszkania z czworonogiem, więc zaczął mnie drażnić jego zapach i unosząca się wszędzie sierść. Wprawdzie zawsze marzyłem, aby mieć pieska, i nadal tego chciałem, ale swój zwierzak to swój, a obcy to obcy, choćby tak słodki jak suczka gospodarzy.

Patrzyłem, jak opaleni wczasowicze wnoszą do mieszkania bagaże, a potem słuchałem ich entuzjastycznej relacji z podróży. Zauważyłem, że Beata była czymś niezwykle podekscytowana. Sprawiała wrażenie, jakby nie mogła się doczekać, aby mi o czymś powiedzieć. Czułem, że za chwilę wyjmie asa z rękawa. Nie myliłem się. Chwilę później wyszło na jaw, że w swojej opowieści specjalnie pominęła jeden dzień. Dzień, w którym oprócz opalania, zwiedzania i kosztowania nowych smaków wydarzyło się coś wyjątkowego. A mianowicie – oświadczyny. Dopiero wtedy dostrzegłem na jej palcu pierścionek zaręczynowy, którego kamień w kształcie serca złożonego z setek diamentów mienił się nieprawdopodobnie.

Cieszyłem się ich szczęściem. Na początku tego roku miałem przeczucie, że doświadczę jednych z najlepszych dwunastu miesięcy w moim życiu, pełnych zmian i nowości.

Nie przypuszczałbym jednak, że Kamil poprosi Beatę o rękę. I to w tak romantyczny sposób! Starannie opracował plan, w który zaangażowani byli wszyscy uczestnicy wakacji.

Pomyślałem, że byłoby wspaniale uczcić z nimi to wydarzenie, jednak nie było już czasu. Zgodnie z wcześniejszym planem początkujący narzeczony zapakował moje torby do bagażnika i ruszyliśmy w podróż do Daventry.

Kiedy znalazłem się w swoim mieszkaniu i rozpakowałem torbę, położyłem się do łóżka. Wpatrywałem się w sufit, wciąż nie dowierzając temu, czego się dowiedziałem. Kamil oświadczył się Beacie! A tak się zarzekał, że nigdy się nie ożeni!

Nazajutrz czekała na mnie następna niespodzianka.

*

Jestem ostatnią osobą, do której powinno się dzwonić w nocy w trakcie pożaru czy jakiegokolwiek innego niebezpieczeństwa. Kiedy idę spać, ustawiam w telefonie tryb cichy, a w uszy wtykam stopery.

Nie zdziwiłem się zatem, że rano znalazłem w komórce informację o nieodebranych połączeniach. Jednak ich liczba była trochę niepokojąca. Wszystkie próby kontaktu pochodziły od mojej siostry Ani. Była zazwyczaj cicha i zamknięta w sobie, nie absorbowała nikogo swoją osobą – miała jednak niekwestionowany talent do wymyślania problemów i tworzenia najgorszych scenariuszy. Wiedząc o tym, starałem się zachować spokój, by w razie czego nie nakręcać jej dodatkowo swoim zdenerwowaniem.

– Cześć, śpisz? – Odebrała niemal od razu, jakby tylko czekała na mój odzew z telefonem w ręku.

Zawsze zastanawiały mnie tak bezsensowne pytania. Skąd one się brały? Czy ktoś je wymyślił na użytek sytuacji: „targają mną emocje i nie wiem, co powiedzieć, więc powiem cokolwiek"?

– Tak, śpię. Dobranoc – odparłem z ironią i zaśmiałem się, jakby to był najlepszy żart.

– Oj, weź! – sarknęła, ale zaraz zmieniła ton. – Co robisz w następną sobotę? Powiedz, że jesteś wolny!

– W zasadzie to nie mam planów... – odpowiedziałem ostrożnie.

– No to lecimy do Szkocji, do stolicy! Co ty na to?

Zamurowało mnie. Ania nie była osobą, po której spodziewałbym się, że wejdzie dobrowolnie na pokład samolotu. Wraz z Eweliną, kiedy ta jeszcze mieszkała w Anglii, wielokrotnie namawialiśmy naszą siostrę do odwiedzin. Zawsze odmawiała. No bo przecież ona nie wie, nie umie i co, jeśli się rozbije. W końcu odpuściliśmy i nie drążyliśmy więcej tematu.

Jak widać, moja intuicja nie zawiodła – w tym roku rzeczywiście czekały mnie atrakcje.

– Chyba sobie żartujesz? Ty do Szkocji? Jak, gdzie, kiedy? Co się stało?

– Patryk mnie namówił! Wyrobiłam paszport i kupiliśmy bilety na samolot. Pomyśleliśmy, że skoro masz wolne, to może do nas dołączysz... – zawahała się na moment, a potem dodała: – W zasadzie to planowaliśmy zwiedzanie, włączając ciebie! Wiem, że nie odmówisz! Po Edynburgu chcielibyśmy spędzić z tobą jeden dzień w Daventry – wyrzuciła jednym tchem.

Uśmiechnąłem się. Ania miała rację, wierząc, że się zgodzę na tę wyprawę. Pięć minut później miałem już kupione bilety.

*

W Edynburgu zakochałem się od pierwszego wejrzenia. Zatrzymaliśmy się u krewnych Kamila. Ci nie dość, że bardzo ciepło nas przyjęli, to jeszcze oprowadzili po mieście.

Nie byłem fanem angielskiej architektury. Uważałem, że idealnie dopasowała się do przeważającej w Anglii pogody – była monotonna i przygnębiająca. Nie spodziewałem się, że w Szkocji będzie inaczej. Tymczasem strzeliste budowle, wiekowe budynki z wielkimi oknami, aż zapierały dech w piersi. Miałem wrażenie, że znalazłem się w mieście olbrzymów. Bezczelnie zaglądałem w okna mieszkańców Edynburga, zachwycając się wystrojem wnętrz.

Muszę przyznać: wszystkie pozytywne wrażenia potęgował fakt, że byłem w tym wspaniałym mieście ze swoją siostrą i że razem mogliśmy odkrywać jego piękno.

*

Dokładnie pamiętam dzień swojej przeprowadzki na Wyspy Brytyjskie, jakby to zdarzyło się wczoraj, a nie przed ośmioma laty. Wtedy jeszcze bardziej przypominałem Anię, która wszędzie wietrzyła jakieś problemy, choć byłem bardziej niż ona otwarty na świat.

Jak wielu znanych mi emigrantów, przybyłem na Wyspy na maksimum dwa lata w ściśle określonym celu: chciałem zarobić trochę pieniędzy i zapewnić sobie lepszy start w ojczyźnie. Nie miałem wtedy pojęcia, że mój pobyt znacznie się przedłuży, a z całą pewnością nawet nie przeszło mi przez myśl, że nie będę miał ochoty wracać do państwa, w którym nauczyłem się chodzić. Przyjeżdżając do Wielkiej Brytanii, rzuciłem się na głęboką wodę. Nie znałem dobrze języka, doświadczałem stanów lękowych i miałem bardzo niską samoocenę. Tak jak Ania zastanawiałem się, czy podołam wysokościom i czy nie spanikuję podczas swojego pierwszego lotu. Jak się okazało, nie miałem czasu na histerię, gdyż całe dwie godziny z hakiem, bo tyle trwała podróż, powstrzymywałem się przed wybuchem płaczu. Jakbym podświadomie przeczuwał, że prędko nie wrócę. Umysł zorientował się, że pożegnałem się z Polską na dłużej i poinformował o tym emocje, które wtedy jeszcze nie były na to gotowe.

Przed wyjazdem pilnie uczyłem się angielskiego. Ćwiczyłem rozmówki, gdzie popadło: w pracy, w domu, z siostrą podczas wideokonferencji. Ewelina była dumna z mojego zasobu słów i pewna, że szybko znajdę pracę na lepszym stanowisku niż ona, a nawet pomogę jej się dostać na podobne, gdy już zdobędę serca menadżerów. Szczerze mówiąc, skłaniałem się czasem ku tej wersji wydarzeń. To byłoby ukoronowanie mojej ciężkiej pracy.

Wkrótce musiałem zrewidować swoje optymistyczne przypuszczenia. Rodowici Anglicy nie mówili tak wyraźnie jak kobieta w programie komputerowym, używali potocznego języka, a nawet slangu. Na dodatek wypowiadali się z silnym akcentem, co jeszcze bardziej utrudniało ich zrozumienie. Wprawdzie Ewelina dała mi miesiąc na zaaklimatyzowanie się, ale moje negatywne myśli utrudniały odnalezienie się w nowej sytuacji. Swoją najbliższą przyszłość widziałem w ciemnych barwach.

Przez kilka miesięcy walczyłem z demonami, które powodowały chaos nie tylko w moim wnętrzu, ale również w całym otoczeniu.

Pierwszą rozmowę kwalifikacyjną załatwiła mi Wiktoria – w swoim miejscu zatrudnienia. Przygotowywałem się do niej sumiennie od kilku tygodni. Nawet dostałem wcześniej test, który miałem rozwiązać podczas rekrutacji na wybrane stanowisko. Ostatecznie jednak wygrał wtedy mój największy wróg – strach. Kiedy wszedłem wraz z Wiktorią do pomieszczenia, w którym miał się odbyć wywiad z pracodawcą, moim oczom ukazał się tłum chętnych. Wszystkie te osoby były gotowe rozpocząć przygodę w miejscu, gdzie i ja widziałem swoją zawodową przyszłość. Wypełniłem formularz. Z gulą w gardle czekałem na pojawienie się osoby, która miała przeprowadzić ze mną rozmowę. Siedziałem dobre pół godziny, zanim podeszła do mnie uśmiechnięta kobieta i zaprowadziła do swojego biura.

I tam wydarzyło się coś najdziwniejszego w moim dotychczasowym życiu. Kiedy rekruterka zajęła swoje miejsce i zapytała mnie o imię i nazwisko, wpadłem w panikę. Przez dłuższą chwilę nie potrafiłem wykrztusić z siebie żadnego słowa. Widziałem pełne zdziwienia oczy kobiety i jej usta ponawiające pytanie. Łamanym angielskim wydusiłem, że się źle czuję i muszę wyjść. Nie wyglądałem chyba dobrze, bo kobieta nie protestowała. Niezwłocznie wyprowadziła mnie na zewnątrz, abym mógł złapać oddech. Podziękowałem jej po cichu, a potem udałem się w stronę domu.

Gdy już oddaliłem się na bezpieczną odległość, a na horyzoncie nie dostrzegłem żadnej istoty ludzkiej, dałem upust emocjom i wybuchnąłem gorzkim płaczem. Zgnębiony wróciłem do kawalerki, w której mieszkałem z siostrą i szwagrem.

Kolejne fiasko w zakresie zdobywania posady zaliczyłem w miejscu zatrudnienia Eweliny i Marka. Proces przebiegał podobnie, ale tym razem asystował mi szwagier. Odpowiadał za mnie na wszystkie pytania. To z kolei nie spodobało się rekruterowi, który postanowił nie dopuścić mnie do testów. Prawdę mówiąc, zdziwiłbym się, gdyby zrobił inaczej.

Po kilku dniach wróciłem do tego samego zakładu pracy i tym razem zostałem zatrudniony. Nie był to jednak żaden triumf, bo dostałem etat na hali produkcyjnej. Mogę podsumować to doświadczenie w kilku słowach: harówka i totalny wyzysk. Zdecydowanie jedno z najgorszych wspomnień w moim życiu.

Kolejna porażka oraz pobyt w „obozie przetrwania" zaważyły na moim zdrowiu psychicznym. Zaczął się niezły cyrk. Do tej pory podziwiam moją siostrę i resztę towarzyszących mi wtedy osób za cierpliwość i wyrozumiałość, jakie okazywali w tamtym czasie. Moimi ciałem i duszą targały wszystkie złe energie. Od dawna czyhały na dzień, w którym się poddam, i przejęły kontrolę nad moją twierdzą.

Ukrywałem się zapłakany po kątach i często piłem. Zamiast wsparcia czułem nóż na gardle – bo przecież ciążył na mnie obowiązek zarabiania pieniędzy, musiałem wziąć się w garść. Bo przecież „co ludzie powiedzą".

Później było tylko gorzej. Zacząłem się okaleczać, podejmowałem też inne drastyczne działania, które były wołaniem o pomoc. Nie otrzymałem jej. Przyszedł więc etap ukrywania swojego bólu. Wyprowadziłem się z kawalerki siostry i wynająłem pokój w domu zajmowanym przez czterech innych mężczyzn. Z początku nawet wszystko się nieźle układało – do czasu, gdy zażyłem pewne substancje i konieczna była interwencja policji. W efekcie zostałem wyrzucony z zajmowanego pokoju. Nie zaoferowano mi czasu na wyszukanie innego lokum, więc ponownie zamieszkałem w maciupkiej kawalerce wraz z Eweliną i Markiem.

Potem znalazłem swoje miejsce u Kingi i Beaty i to mnie uratowało. Okoliczności popchnęły mnie do podjęcia kolejnej decyzji, w wyniku której straciłem znienawidzoną pracę. I to był przełom. Moja egzystencja na tym świecie powoli zmierzała ku dobremu. Zacząłem odcinać się od zakotwiczonych w umyśle schematów. Już nie bałem się odejść z miejsca, które mi nie służyło. Zostałem bez pracy, ale miałem świadomość, że wszechświat wkrótce przyniesie rozwiązanie.

*

Ostatnimi czasy coś nade mną czuwało, abym nie wpadł w kolejny psychiczny dołek. Tym razem stało się to za sprawą Baśki, która zaproponowała zorganizowanie pikniku ze znajomymi, na co dzień porozrzucanymi po różnych miejscowościach w Anglii. Ogromnie się ucieszyłem, ponieważ bardzo lubiłem tych pięknych ludzi, a nie widywaliśmy się zbyt często. Mieliśmy się spotkać na festiwalu organizowanym niedaleko Daventry, jednak nasz wypad stanął pod znakiem zapytania z powodu lejącego od kilku dni deszczu. Do ostatniej chwili czekaliśmy, aby potwierdzić swoją obecność.

Dzień wcześniej zacząłem panikować, bo pogoda wciąż nie miała litości, skrupulatnie podlewając roślinność i ludzi. Postanowiłem jednak zaufać znakom i nie dać się negatywnym emocjom.

Następnego dnia obudziłem się o godzinie ósmej. Ze snu łagodnie wyprowadził mnie nowy, wspaniały budzik, sącząc relaksacyjną muzykę oraz szum morskich fal. Gdy przypomniałem sobie o pikniku, gwałtownie poderwałem się z łóżka i wyjrzałem przez okno, by sprawdzić, czy spędzę ten dzień pod kołdrą, czy na zewnątrz ze znajomymi. Na szczęście ujrzałem niebieskie niebo, gdzieniegdzie poznaczone białymi kleksami chmur. Słońce świeciło nieśmiało, jakby wstydliwie.

Skontaktowałem się telefonicznie z Izą i umówiliśmy się na jedenastą pod moim blokiem. Spakowałem koc i resztę piknikowego asortymentu. Gdy torba była gotowa, stanąłem przed pytaniem, co założyć na siebie w taką pogodę! Angielski klimat jest bardzo kapryśny, więc trudno było mi do końca zaufać pogodnemu niebu. Ubrałem się w bluzę z kapturem, zaopatrzyłem się w jesienny płaszcz, a tuż przed wyjściem chwyciłem jeszcze w biegu parasolkę.

Iza siedziała w samochodzie. Przez opuszczone okno wpatrywała się w wejście do mojej klatki.

– Co? Nie byłaś pewna, czy się pojawię? – zgadłem ze śmiechem, gdy usiadłem obok niej. Teatralnym gestem wskazałem na widok za oknem. – Czy ty widzisz to, co ja? Pogoda jak na zamówienie!

– Och, jak mi tego brakowało! – zawołała Iza i odpaliła silnik. – Chętnie łyknę trochę witaminy D.

Po około czterdziestu minutach dotarliśmy na miejsce. Zatrzymaliśmy się tuż przy parku, gdzie odbywała się impreza. Ludzie schodzili się coraz liczniej, ale udało nam się zająć stolik niedaleko wejścia. Wszystko po to, aby monitorować pojawiające się tłumy i nie przeoczyć znajomych.

Pierwsza pojawiła się Basia wraz z mężem. To ona była główną sprawczynią naszego zgromadzenia się w jej mieścinie. Kiedy tylko ją zobaczyłem, wiedziałem, że ten dzień minie nam niesamowicie. Entuzjastycznie rzuciłem się w jej objęcia, a potem przedstawiłem Izie.

Wiktoria i Ksawery skorzystali z innego wejścia i trochę zeszło, zanim udało nam się spotkać w jednym punkcie. Na szczęście żyjemy w czasach, w których wreszcie nie trzeba wysyłać gołębia, aby się skomunikować, więc w końcu się odnaleźliśmy.

Chwilę później dołączyła do nas córka Basi, a kiedy już myślałem, że stawili się wszyscy, pojawiła się Paulina ze swoimi dzieciakami i psami. Bardzo ją lubiłem, więc jej obecność rozświetliła ten dzień jeszcze bardziej.

Żartując i śmiejąc się, ruszyliśmy do parku, by znaleźć odpowiednie miejsce na piknik. Gdy trafiliśmy na dogodną miejscówkę, rozłożyliśmy koce, a później rozsiedliśmy się w kółeczku, twarzami do siebie. Szybko się okazało, że tego dnia pogoda nie zamierzała płatać nam figla. Słońce prażyło jak w lecie. Powoli ściągaliśmy z siebie kurtki, swetry i bluzy. Zastanawiałem się, po jakie licho targałem ze sobą płaszcz.

Z oddali słychać było muzykę, śmiechy i radosne krzyki ludzi bawiących się w rozstawionym przez organizatorów wesołym miasteczku. Były tam kręcące się filiżanki, diabelski młyn i inne karuzele. Wrzawa jednak w ogóle nie przeszkadzała nam w rozmowie, nawet zdawała się podkręcać rodzinną atmosferę. Co jakiś czas łapała nas beztroska głupawka. Nie pamiętałem już, kiedy ostatnio spędziłem tyle czasu, susząc zęby i łapiąc się za brzuch ze śmiechu.

– W końcu nie musisz się spieszyć na autobus! – zauważyła wesoło Basia. – Zazwyczaj pierwszy uciekasz z imprezy. Ostatnio opowiadałam znajomym o przygodzie w kapliczce... – dodała i mrugnęła do mnie.

Zgodnie wybuchnęliśmy śmiechem.

Zacząłem opowiadać, bo nie wszyscy znali tę historię. Rzecz wydarzyła się parę lat temu, kiedy to wraz z Wiktorią potrafiliśmy jeszcze szaleć do białego rana. Razem ze wspólnymi znajomymi wynajęliśmy salę na imprezę alkoholową z muzyką w tle. Bawiliśmy się świetnie.

Po kilku drinkach postanowiłem zwiedzić budynek. Otwierałem wszystkie drzwi, jakie mi się nawinęły. Tak właśnie odkryłem kapliczkę. Znajdowała się ona niedaleko didżejki, z której Alex Gaudino bębnił swój hit *Destination Calabria*. Pech chciał, że za mną szedł pewien znajomy. Gdy tylko zauważył otwarte wrota, wsunął się do środka i przeszperał wszystko od A do Z. Pożyczył sobie Biblię, a potem wrócił na parkiet i zaczął udawać księdza, doprowadzając tym resztę towarzystwa do śmiechu. Kiedy wykonał swój show, odstawił grzecznie księgę na miejsce, a mnie odechciało się dalszych zwiadów.

Wypiłem wtedy o jeden kieliszek za dużo i zakończyłem zabawę koło trzeciej nad ranem. Odwiózł mnie do domu kolega, któremu na tę noc przypadła robota szofera. Biednej Wiktorii spadło na głowę całe sprzątanie. Na szczęście zwerbowała do pomocy kilkoro znajomych i o szóstej sala była wysprzątana. Porządki jednak okazały się tak wyczerpujące, że imprezowicze postanowili się przespać.

Nie mam pojęcia, kto wpadł na ten genialny pomysł, ale na miejsce noclegu wybrali odkrytą przeze mnie kapliczkę. Ułożyli się na podłodze i od razu zasnęli kamiennym snem. I wszystko byłoby w porządku, gdyby nie fakt, że około dziewiątej zjawił się właściciel wynajmowanego budynku. Niestety, nie sam... Okazało się, że gospodarz zapomniał nas poinformować, że w każdą niedzielę odbywają się tu spotkania wiernych.

Do tej pory próbuję sobie wyobrazić miny wszystkich przybyłych, kiedy otworzyli drzwi swojego małego sanktuarium i zamiast obietnicy duchowych przeżyć znaleźli grupę skacowanej, zalatującej odorem alkoholu młodzieży. Na szczęście wszystko zostało wyjaśnione, a wynajmujący nie widział przeszkód, aby w przyszłości ponownie udostępnić nam salę.

Siedzieliśmy w parku już parę godzin, a nad nami słońce wciąż nie gasiło pięknego oblicza, jakby chciało nam wynagrodzić swoją jakże długą nieobecność. Nagle usłyszeliśmy wołanie:

– Heeeeej, cześć wam! – Była to Ala ze swoim mężem i synkiem. Również przyszli z zestawem do grillowania, by celebrować nadejście wiosny.

Uniwersum nie miało już w planach podrzucać nam kogokolwiek, więc nareszcie byliśmy w komplecie.

– Tobie to się chyba święta pomyliły! – zauważyła Ala i przycisnęła dłonie do ust, by ukryć szeroki uśmiech.

– Jak to? – zapytałem zaskoczony.

– Masz nos czerwony jak Rudolf! – odparła, a reszta załogi wybuchnęła gromkim śmiechem.

Faktycznie nie poczułem, że pierwsze promienie spaliły mi twarz, pozostawiając wzór w postaci odwróconej flagi Polski. Górna połowa zyskała czerwony kolor, a dolna pozostała nienaruszona. Dopiero wtedy uświadomiłem sobie, że faktycznie coś mnie piecze. Spojrzałem na ręce. Je również dosięgnęło promieniowanie ultrafioletowe.

– Co wy na to, żeby zorganizować wkrótce kolejne spotkanie? Może ognisko? – zapytała ochoczo Basia, a wszyscy od razu podchwycili pomysł. – Organizuję też warsztaty malowania intuicyjnego. Może kogoś z was to zainteresuje. Przyjdziemy do tego parku i każdy dostanie sztalugę oraz płótno z farbami. Uczestnicy będą mieli za zadanie namalować obraz, powołując się na swoje wewnętrzne ja. W tle będzie lecieć muzyka relaksacyjna. I co najważniejsze: będziemy dotykać ziemi bosymi stopami, żeby czerpać z niej energię. Poinformuję was o szczegółach...

Pożegnaliśmy się, gdy słońce schowało się za horyzontem. Według moich obliczeń przesiedzieliśmy na pikniku siedem godzin.

Moja spalona skóra powoli zaczęła dawać się we znaki. Już w samochodzie Izy poczułem ból głowy i mdłości. Na szczęście droga powrotna również przebiegła ekspresowo, a ja pomimo fizycznych dolegliwości mentalnie czułem się wprost niesamowicie.

Wróciłem do domu szczęśliwy i usatysfakcjonowany. W mojej głowie na chwilę pojawił się ponury obraz przeszłości, ale przegnałem go uśmiechem. Wiedziałem, że zmierzam w dobrym kierunku, i nie zamierzałem zawracać.

*

Dzieciństwa nie wspominam zbyt dobrze. Teraz jednak wiem, że przysłużyło się poznaniu lepszej części mojego wnętrza. Koledzy z klasy wyśmiewali mnie i poniżali, każdy dzień był dla mnie nowym wyzwaniem. Wieczorami zastanawiałem się, czemu spotyka mnie taki los i czy przeżyję jutro. Wydawało mi się, że nikt nie ma tak przechlapane jak ja, i prędzej czy później skończę tragicznie. Co więcej: nikt nawet się tym nie przejmie.

Moją nienawiść do świata podsycała sytuacja w domu, w którym nie było miejsca na nic oprócz codziennych obowiązków i problemów dorosłych.

Szkołę podstawową ukończyłem z wyróżnieniem, jak przystało na zdolnego i ułożonego ucznia. Dopiero gimnazjum zaczęło powoli budzić we mnie buntownika, a buntowałem się głównie przeciwko niesprawiedliwemu światu. Uczęszczałem na różne dodatkowe zajęcia w ramach pomocy psychologiczno-pedagogicznej. Miałem za złe wszystkim dookoła, że nie czuli mojego bólu i nie wiedzieli, jak mi pomóc. Sądziłem, że tak naprawdę tylko udawali współczucie i gówno ich obchodziło, jak będzie wyglądał mój dalszy los. Bałem się, że właśnie tak upłynie reszta mojego życia, i myśli zaczęły krążyć nad tematem różnych sposobów popełnienia samobójstwa. Jednocześnie czułem, że i tak tego nie zrobię, bo nie mam odwagi.

Teraz sądzę, że przeżyłem to doświadczenie, by pokazać sobie i innym, jak nasza egzystencja potrafi zaskoczyć. Możemy bardzo wiele zmienić, jeśli użyjemy swojej boskiej mocy.

Sytuacja w technikum wyglądała podobnie jak w gimnazjum. Zawsze znalazł się ktoś, kto musiał się dowartościować, wykorzystując do tego moją osobę. Wcześniej sądziłem, że młodzież w tym wieku ma więcej empatii, ale się myliłem. Z drugiej strony – jak wczuć się w sytuację drugiego człowieka, skoro nie zna się sposobu? Bez przewodnika?

Większość osób w takich okolicznościach próbuje zaimponować rówieśnikom. Ja także. Bez skutku. W tym kawałku scenariusza miałem grać ofiarę, aby się czegoś nauczyć.

Przełomem okazało się zrzucenie dwudziestu kilogramów, a stało się to podczas wakacji. Przeszedłem swoją pierwszą metamorfozę. Kiedy wróciłem do szkoły, większość osób była w szoku i pod wrażeniem – bo jak można było osiągnąć coś takiego w ciągu dwóch miesięcy?! Po raz pierwszy poczułem się kimś, i choć moi prześladowcy dalej podbudowywali swoje nienasycone ego, ja powoli zacząłem się podnosić, aby kilka lat później odrodzić się jak Feniks z popiołów.

Przez większość dotychczasowego życia miałem wrażenie, że starsze rodzeństwo mną sterowało. Jak oni przechodziłem przez pierwsze etapy dorosłości, zachowując się zgodnie z szablonem, bo „co ludzie powiedzą?". Doszło nawet do tego, że nie byłem w stanie się zwolnić z pracy bez ich zgody, choć wiedziałem, że ówczesne miejsce zatrudnienia obniżało moje wibracje i niszczyło mnie kawałek po kawałku.

Powoli wpadałem w coraz głębszą depresję. Obawiałem się, że nie potrafię podejmować samodzielnych decyzji i już zawsze będę prowadzony przez kogoś jak piesek na smyczy.

Z początku tego nie zauważałem, dopiero wyjazd do Anglii i życie na własny rachunek uświadomiły mi, że tak to wyglądało. Jednocześnie jestem przekonany: moje rodzeństwo chciało dobrze, ostatecznie byłem ich małym braciszkiem.

Z perspektywy czasu dziękuję za wszystko, czego doświadczyłem. Przebieg mojego życia jest świadectwem mojego rozwoju. Zawsze przywołuję wspomnienia, gdy myślę, że brakuje mi sił i że nic dobrego już się nie wydarzy. Dzięki temu odzyskuję nadzieję i zaczynam wierzyć, że świat jest piękny. Wiem, że to, co mi się przydarza, jest kolejną lekcją do odrobienia. Przecież musi być źle, aby można było docenić to, co dobre.

*

Nic nie zapowiadało, że kolejny dzień zakończy się jakoś szczególnie. Obudziłem się dosyć późno i wcale nie tryskałem energią. Zacząłem się zastanawiać, czy to nie jest pora na powrót do gry i czy nie powinienem zacząć rozglądać się za nową pracą. Przemawiał za tym choćby stan mojego konta.

Najlepiej myślało mi się przy udziale kofeiny, więc wyjąłem kubek z szafki i wsypałem do niego dwie czubate łyżki kawy. Zalałem ją wrzącą wodą, pozostawiając trochę miejsca na mleko roślinne. Otworzyłem lodówkę i ze zdumieniem skonstatowałem, że była prawie pusta. Czas na zrobienie zakupów, inaczej zostanę bez jedzenia.

Poszedłem z kubkiem do salonu, usiadłem na kanapie i zacząłem przeglądać zeszyt z odręcznie zanotowanymi przepisami kulinarnymi. Sporządziłem listę potrzebnych produktów.

Do centrum miasta, gdzie znajdowały się supermarkety, miałem około czterdziestu minut, więc zazwyczaj szedłem tam na piechotę. Gdy już zaopatrzyłem się w wypełniające siatki artykuły spożywcze, które miały mi wystarczać na cały tydzień, wracałem autobusem lub zamawiałem taksówkę.

Jakiś czas temu postanowiłem jednak nie robić dużych zakupów za jednym zamachem, ale częściej odwiedzać sklepy i w ten sposób zmusić się do spacerów. Wciąż nie wstawałem rano, aby zarabiać na przysłowiowy chleb, więc miałem sporo czasu. Pomysł okazał się genialny, bo chcąc nie chcąc musiałem co jakiś czas opuszczać swoje cztery ściany. Chyba tylko dzięki temu nie nabawiłem się jeszcze hemoroidów czy odleżyn.

Do śródmieścia prowadziło kilka dróg, ale ja zawsze wybierałem tę, która obfitowała w zieleń. Lubiłem słuchać po drodze śpiewu ptaków, choć czasem zakładałem na uszy słuchawki, by w zamian cieszyć się ulubioną muzyką.

Idąc swoją ulubioną trasą, minąłem kilku przechodniów, którzy pozdrawiali mnie z uśmiechem, pomimo że widziałem ich pierwszy raz na oczy. Ścieżką wśród drzew biegały szare wiewiórki. Nade mną fruwały gołębie, sikorki, sroki i inne latające stworzenia, które radośnie obwieszczały budzącą się wiosnę. Z mojego ramienia tradycyjnie zwisała torba z parasolką. Przezorny zawsze ubezpieczony. Nie była mi już straszna angielska pogoda uruchamiająca znienacka pompę wodną.

W połowie drogi zdałem sobie sprawę, że zapomniałem portfela i nie mam przy sobie gotówki. Zawsze w ten sposób płaciłem za zakupy, żeby zachować kontrolę nad wydatkami. Akurat mijałem swój bank, przy którym znajdowały się dwa bankomaty. Podszedłem bliżej i dowiedziałem się, że obie maszyny wyłączone są z użytku, o czym świadczył wydrukowany na kartce napis: OUT OF SERVICE.

Serio? Akurat teraz?! Zakląłem w duchu i rozejrzałem się wokoło. Zastanawiałem się, czy gdzieś po drodze znajdę inne urządzenie, które w zamian za połknięcie mojej karty pozwoli mi wypłacić pieniądze. Wtedy parsknąłem, dziwiąc się własnej głupocie, bo przecież znajdowałem się przy swoim banku. Postanowiłem, że wejdę do środka i poćwiczę angielski podczas krótkiej rozmowy. Ostatnio brakowało mi okazji. Z drugiej strony czułem, że chęć podjęcia gotówki to tylko pretekst. Niezidentyfikowana siła popychała mnie, abym wszedł do tego budynku. Jakbym dzięki temu miał spełnić jakąś niepisaną przepowiednię.

PORWANIE

Pomieszczenie banku, w którym zajmowano się obsługą interesantów, nie było zbyt duże, więc od razu rzuciła mi się w oczy długa kolejka do kas. Oczywiście nie tylko ja wpadłem na genialny pomysł skorzystania z pomocy kasjera w związku z nieczynnymi bankomatami. W ogonku stały dziesiątki ludzi, głównie od lat związane ze swoim lokalnym oddziałem starsze osoby, które zazwyczaj nie korzystały z bankowości elektronicznej.

Spokojnie stanąłem na końcu kolejki, choć nie było w tym żadnej logiki – z pewnością szybciej załatwiłbym sprawę w jakimś bankomacie, mijanym w drodze do sklepu. Znów poczułem, że moje zachowanie nie do końca wynika ze świadomej decyzji. Po prostu wykonywałem to, co zostało dla mnie zaplanowane.

Bank miał osobliwy wystrój. Nowoczesne wyposażenie zderzało się wizualnie z artystycznym sufitem. Na jego środku widniała płaskorzeźba, przypominająca słynny obraz Michała Anioła *Stworzenie Adama*. Być może w przeszłości wykorzystywano ten budynek do celów religijnych. Ozdobne wzory w narożnikach łączyły wijące się motywy roślinne.

W kącie po prawej stronie stały ciemnozielone, nowoczesne fotele oraz narożnik w kształcie litery L. Na drewnianej ławie leżały stosiki broszurek zachęcających klientów banku do wzięcia kredytu. Jakiegokolwiek, a najlepiej wszystkich naraz.

Naprzeciwko wejścia ustawiono rzędem kilka kas. Wyjątkowo wszystkie były otwarte. Moich uszu dobiegały pełne skruchy słowa kasjerów, przepraszających za niedogodności. To nie był dla nich dobry dzień. Oprócz awarii bankomatów zawieszał się też system operacyjny, przez co wszystko trwało dwa razy dłużej.

Para w podeszłym wieku stała przy wpłatomatach i maszynach do realizacji czeków. Po niepewnych minach staruszków zorientowałem się, że próbują rozwiązać zagadkę obsługi urządzenia. Niewiele myśląc, zaoferowałem wsparcie. W Anglii łatwiej nawiązywałem kontakt z obcymi ludźmi, na pewno pomagał w tym zwyczaj nieformalnego zagajania rozmowy. Nikt nie zwracał się do siebie w sposób oficjalny, używając zwrotów „pani" lub „pan", nawet przy sporej różnicy wieku.

– Jeśli byłbyś tak uprzejmy, młody człowieku – odparła z wdzięcznością kobieta z twarzą jak anioł. Jej czuły uśmiech od razu roztopił moje serce.

Cierpliwie pokazałem jej, jak obsłużyć wpłatomat. Potem powtórzyłem całość instrukcji, upewniając się, że starsza para wszystko zrozumiała i zapamiętała na przyszłość.

– Dziękuję z całego serca – powiedziała kobieta na koniec, łapiąc mnie przy tym za rękę. – W dzisiejszych czasach trudno znaleźć kogoś, kto bezinteresownie pomoże staruszkom. Niech Bóg cię błogosławi, kochanie. Dbaj o siebie.

Odprowadzałem małżonków wzrokiem, gdy opuszczali budynek. Czułem cudowne ciepło, które powoli oplatało całe moje wnętrze.

Kiedy wróciłem do kolejki, okazało się, że w ogóle nie posunęła się do przodu. Ludzie przede mną zaczynali tracić cierpliwość, kręcili głową z niezadowoleniem. Mruczeli przy tym pod nosem, co wyglądało dość komicznie. Kilku klientów postanowiło opuścić bank. Nie załatwiwszy tego, po co tu przyszli, ostentacyjnie okazywali irytację. Ja uparcie stałem za kobietą w lekkiej, kwiecistej sukience. Znów minęło kilka długich minut, zanim interesant przed okienkiem został obsłużony i z wyrazem ulgi na twarzy skierował się do wyjścia. Odwróciłem się odruchowo, aby popatrzeć na szczęściarza, któremu udało się załatwić swoją sprawę i kontynuować dzień poza ciasnym pomieszczeniem banku.

Kiedy zadowolony mężczyzna wychodził z budynku przeszklonymi, obrotowymi drzwiami, minął go zmierzający w przeciwnym kierunku człowiek w kapturze. Miał pochyloną głowę, więc nie widziałem jego twarzy. Wszedł do banku ostrożnym, posuwistym krokiem, z prawą dłonią w kieszeni. Lewa, w czarnej zimowej rękawiczce, zwisała przy boku. W mojej głowie rozbrzmiał sygnał alarmowy, ale było już za późno na ucieczkę.

Zamaskowany osobnik wyjął z kieszeni dłoń, w której znajdował się pistolet. Podniósł go lufą do sufitu i krzyknął:

– NA ZIEMIĘ I NIE RUSZAĆ SIĘ! ALBO ZASTRZELĘ! ZROZUMIANO?!

Mężczyzna miał mocny, stanowczy głos, mówił z wyraźnym angielskim akcentem.

Wszyscy z krzykiem rzuciliśmy się na podłogę, chowając twarze między łokciami. Rozległy się szlochy kobiet. Oddychałem nerwowo, wciąż nie mogąc ogarnąć umysłem tego, co się właśnie stało. Jako jedyny byłem odwrócony bokiem, więc ukradkiem widziałem również, co działo się za przeszklonymi drzwiami. Miasto o tej porze było leniwe, nikt akurat tędy nie przechodził. Nawet jeśli, pewnie nie zwróciłby głowy w stronę banku. Każdy skupia się zazwyczaj jedynie na czubku własnego nosa.

Zastanawiałem się, jakim cudem znalazłem się w takiej sytuacji. Wyzywając się od najgorszych, zadawałem sobie pytanie, dlaczego nie poszedłem szukać innego działającego bankomatu. Przed oczami stanął mi obraz starszej pary, której wcześniej pomogłem. Dzięki mnie staruszkowie mogli opuścić bank i nie uczestniczyć w tym, co wydarzyło się niedługo później. Ta świadomość napełniła mnie wdzięcznością.

– Pakuj hajs, szybko! – Usłyszałem głos rabusia, pokrzykującego na kasjerkę. Za chwilę mężczyzna zwrócił się do pozostałych osób, rozglądając się nerwowo po pomieszczeniu: – Reszta ma nawet nie drgnąć!

Pracownica banku pospiesznie pakowała banknoty do skórzanego plecaka, drżąc przy tym jak osika.

– Ruchy, ruchy – ponaglał ją niecierpliwie mężczyzna, wymachując pistoletem, co wcale nie pomagało. Dłonie kobiety trzęsły się tak bardzo, że nie trafiała do torby, przez co część banknotów lądowała na podłodze.

Ku mojemu zdziwieniu sprawca napadu tego nie skomentował, a jedynie nerwowo rozglądał się po całym pomieszczeniu, szukając wzrokiem jakiegoś przejawu nieposłuszeństwa ze strony uwięzionych w banku. Zakrawało na cud, że w ciągu ostatnich kilku minut do banku nie weszła żadna nowa osoba.

Kiedy plecak został po brzegi wypełniony gotówką, rabuś zapiął go nieporadnie, a potem powoli, nie spuszczając wzroku z leżących na podłodze ludzi, zaczął wycofywać się w kierunku wyjścia. Kiedy zbliżał się do mnie, odczułem mimowolną ulgę, że ten koszmar zaraz się skończy. Miałem nadzieję, że nikomu nie stanie się krzywda, choć od drzwi mężczyznę wciąż dzieliło kilka metrów. Idąc tyłem, cały czas wymachiwał bronią.

Zwróciłem głowę w stronę drzwi i zamarłem. Przed budynkiem pojawił się policjant. Stanął jak wryty, z wytrzeszczonymi oczami, nie dowierzając scenie, której był świadkiem. W tej chwili zobaczył go rabuś i wszystko zaczęło się dziać błyskawicznie. Zamaskowany mężczyzna szarpnął mnie za ramię i za chwilę stałem już, przywierając do jego prawego boku, z lufą przy skroni.

– Właź do środka! – krzyknął bandyta do policjanta, a tamten uniósł dłonie w uspokajającym geście.

– Spokojnie! Odłóż broń, a nikomu nic się nie stanie – powiedział.

– Wyrzuć na podłogę wszystko, co przy sobie masz, a potem rzuć mi kajdanki – zakomenderował napastnik.

Policjant wykonał polecenie i już za chwilę na podłodze wylądowały: pałka, taser, radio i inne części wyposażenia. Gdy stalowe bransoletki z kluczykami znalazły się tuż przy bucie złoczyńcy, ten pochylił się po nie, ciągnąc mnie ze sobą. Zatrzasnął obręcz na mojej ręce i nakazał policjantowi, aby ten zszedł mu z drogi.

Opuściłem bank jako zakładnik.

*

Przed budynkiem znajdował się mały parking, teraz prawie całkowicie zapełniony samochodami, wśród których stał stary, niebieski citroen. W sekundę znalazłem się na fotelu pasażera, z ręką przykutą do uchwytu przy oknie. Porywacz zasiadł za kierownicą i odpalił silnik.

Wszystko działo się bardzo szybko, a jednak zdołałem jeszcze obrócić się w stronę banku. Zszokowani ludzie wyszli na zewnątrz, ktoś głośno płakał. Kilka osób spoglądało w moją stronę ze współczuciem. Policjant wzywał posiłki przez radio. Patrzył z uwagą na samochód porywacza, więc założyłem, że podał dyżurującemu funkcjonariuszowi numer rejestracyjny citrocna. W następnym momencie już odjeżdżaliśmy z piskiem opon.

Byłem totalnie oszołomiony i nie mogłem wydusić z siebie żadnego dźwięku. Porywacz pędził jak wariat, utrzymując dużą prędkość nawet na zakrętach, przez co rzucało mną jak szmacianą lalką. Prawą ręką próbowałem przytrzymać się czegokolwiek, żeby nie uderzyć w coś głową. W umyśle panowała pustka, jakby wszystkie myśli postanowiły zostać w banku i wypuścić mnie w podróż w nieznane z czystym kontem.

– Kurwa! Szlag! – wrzasnął mężczyzna, waląc dłońmi w kierownicę, przez co uruchomił klakson. – To nie tak miało wyglądać! Kurwa!

Rzucił mi pospieszne spojrzenie, po czym ponownie skupił się na tym, by bezkolizyjnie wyminąć jak najwięcej aut.

Nie jestem fanem szybkiej jazdy. Zacząłem sobie wyobrażać, że turlamy się autem po jezdni i kończymy na dachu, jak w filmach akcji. W następnej scenie przyjeżdża karetka i wyciąga z wraku pojazdu dwa zmasakrowane ciała. Tak kończy się mój żywot na tym świecie. Odruchowo zacząłem dociskać stopy do podłoża, jakby to był samochód Flintstonów, a ja miałbym fizyczną możliwość spowolnienia tego wyścigu śmierci.

Po kilku minutach znaleźliśmy się pod opustoszałym magazynem. Zahamowaliśmy gwałtownie obok srebrnego audi z przyciemnionymi szybami. Kierowca wysiadł z samochodu i zostawił mnie samego, dzięki czemu uruchomił się mój instynkt przetrwania. Zacząłem szarpać lewą ręką w kajdankach, próbując wyłamać uchwyt przy drzwiach. Niestety, dysponowałem siłą tylko nieco większą niż mrówka, więc mój wysiłek poszedł na marne. Rozglądałem się gorączkowo w poszukiwaniu czegoś, czego mógłbym użyć, choćby w samoobronie. Przerwał mi dźwięk otwieranych gwałtownie drzwi.

– Wysiadaj. – Usłyszałem i zobaczyłem przed oczami lufę pistoletu.

– Chciałbym, ale mam przypiętą rękę – odpowiedziałem nerwowo.

Jak tylko wypowiedziałem te słowa, zauważyłem, że zabrzmiały jak drwina. Trochę ryzykowne zagranie w mojej sytuacji.

– Faktycznie – odparł napastnik w taki sposób, jakby go olśniło. Nie odsuwając broni z zasięgu moich oczu, jedną ręką odpiął kajdanki od uchwytu.

Kiedy opuściłem pojazd, machinalnie podniosłem ręce, choć porywacz wcale mi tego nie nakazał. Dawałem mu chyba w ten sposób znać, że jestem bezbronny, a nawet jeśli byłoby inaczej, nie zamierzałem sięgnąć po hipotetyczny rewolwer, zatknięty za pasek spodni. Pozostałem jednak zwrócony twarzą do mężczyzny.

Spod czarnej kominiarki patrzyły na mnie piwne oczy. Mężczyzna ubrany był cały na czarno – w bluzę z kapturem i skórzaną kurtkę, niewyróżniającą się niczym szczególnym. Na nogach miał luźne dżinsowe spodnie oraz wysokie glany zakrywające nogawki.

Czekałem w bezruchu na to, co miało nastąpić. Staliśmy dobrą minutę bez słowa. Gdyby nie odgłosy latających wokół owadów, panowałaby grobowa cisza.

– Co ja mam do cholery z tobą zrobić, hm? – Głos mężczyzny zdradzał autentyczną niepewność.

Nie pokusiłem się o odpowiedź, domyślając się, że pytanie było czysto retoryczne. Znów zapadło milczenie, przerywane jedynie przez dźwięki natury. Były kojące, jakby właśnie po to rozbrzmiewały – dla rozluźnienia atmosfery i uspokojenia sytuacji.

- Zróbmy tak. Wypuszczę cię, ale... - Wypowiedź porywacza urwała się nagle, a on sam gwałtownie przybliżył dłoń do twarzy.

Jakiś ciekawski owad postanowił sprawdzić, co kryje się pod materiałem kominiarki. Mężczyzna w panice zerwał z głowy nakrycie.

Zamarliśmy obaj, świadomi konsekwencji tego ruchu. Zdałem sobie sprawę, że choć przez chwilę moja przyszłość znów wyglądała obiecująco, pociąg do krainy zwanej życiem właśnie odjechał.

Mężczyzna mógł mieć koło czterdziestki, a na jego twarzy odznaczał się krótki, lecz bardzo ciemny zarost. Włosy na czubku głowy sterczały, wzburzone przez zerwaną z głowy kominiarkę. Zdążyłem pomyśleć, że facet odwiedził niedawno fryzjera, bo boki były wycieniowane, zdecydowanie krótsze od reszty. Miał gładką, oliwkową skórę. Gdyby się ogolił, pewnie wyglądałby o wiele młodziej.

- Niech to diabli! - wysyczał przez zęby. - Widziałeś moją twarz.

- Nikomu nic nie powiem, serio - bąknąłem, niezbyt przekonany, że cokolwiek ugram tym przereklamowanym tekstem.

- Tak, jasne - parsknął szyderczo. - Masz mnie za głupka? Odwróć się!

Wykonałem polecenie ze ściśniętym gardłem, oczy zaszły mi łzami. Byłem przekonany, że następnym dźwiękiem, który usłyszę, będzie odgłos wystrzału broni skierowanej w tył mojej głowy.

Zamiast tego wyłowiłem uchem stuknięcie otwieranych drzwi auta, a następnie szmer przesuwanych pospiesznie rzeczy. Nie miałem odwagi sprawdzić, więc stałem dalej nieruchomo, czekając na to, co się wydarzy.

– Trzymaj! – Poczułem oddech na szyi i przeszły mnie ciarki. Potem zobaczyłem otwartą dłoń, na której leżała jakaś biała tabletka.

– Co to jest? – zapytałem łamiącym się głosem.

– Bierz i połknij! – powiedział ostrym tonem porywacz i stanął przede mną, mierząc mnie przenikliwym wzrokiem.

Przez chwilę miałem ochotę splunąć mu w twarz i oznajmić, aby sam sobie to łykał. Dziwiłem się przy tym, jak reaguje moja wyobraźnia, gdy jestem w niebezpieczeństwie. Zamiast tego potrząsnąłem przecząco głową.

– To jest tabletka nasenna – wyjaśnił, starając się mówić spokojnie. – Po prostu pójdziesz spać na kilka godzin. Zaufaj mi. Inaczej będę musiał posunąć się do czegoś gorszego.

Zbliżył dłoń z pigułką.

Jest ryzyko, jest zabawa, rozbrzmiało ironicznie w mojej głowie. Pomyślałem, że nie mam zbyt dużego wyboru. Ten człowiek miał broń, mógł mnie zmusić do połknięcia pastylki, rzeczywiście mógł też zrobić coś znacznie gorszego.

Gdy wziąłem tabletkę do ust, przede mną pojawiła się butelka wody.

– Popij. A teraz pokaż, czy połknąłeś. Dobrze – pochwalił mnie jak posłuszne dziecko. – Teraz wyjmij wszystko z kieszeni.

Wykonałem polecenie już bez dodatkowych pytań. Nie było tego dużo – telefon, klucze od mieszkania, paczka chusteczek higienicznych. Torba z parasolką została w banku.

– Okej. Daj mi to – rzekł porywacz, po czym upchnął wszystko po własnych kieszeniach. Pozbył się jedynie telefonu, wyrzucając go daleko w krzaki.

Dostałem pozwolenie na opróżnienie pęcherza i po kilku minutach znalazłem się ponownie w aucie. Tym razem w tym z przyciemnionymi szybami. Moja ręka znowu wisiała pod uchwytem.

Kątem oka obserwowałem, jak mężczyzna przebiera się w granatową koszulkę polo i szare dżinsowe spodnie; glany zamienił na sportowe buty. Następnie umieścił wszystkie rzeczy, które wcześniej miał na sobie, w czarnym worku i wrzucił go do bagażnika. Gdy już usiadł za kierownicą, nie ruszył od razu. Nie odwracając się do tyłu, obserwował mnie w lusterku. Co jakiś czas niecierpliwie spoglądał na zegarek, jakby chciał sprawić, że ten się przestraszy i przyspieszy odliczanie.

Cieszyłem się, że zdążyłem się wysikać, bo mięśnie zaczęły się rozluźniać wbrew mojej woli. Stawałem się lekki, czułem się błogo. Świat dookoła mnie wyglądał przyjaźnie i miło.

Totalnie zapomniałem, w jakiej sytuacji się znalazłem. W myślach pojawiło się dziwne pytanie, czy zaraz zobaczę jednorożce. Wymamrotałem jeszcze coś pod nosem i resztkami świadomości zarejestrowałem lekki uśmiech, pojawiający się na twarzy mojego porywacza. Odwzajemniłem go życzliwie i zapadłem w głęboki sen.

*

Nie wiem, jak długo spałem, pewnie kilka godzin. Otumaniony, otworzyłem niepewnie ciężkie powieki. Miałem przeczucie, że coś jest nie tak, jak powinno, ale nie mogłem sobie przypomnieć co.

Leżałem na jakimś pokrytym skórą legowisku, z czołem przyciśniętym do oparcia. Rozpaczliwie się zastanawiałem, gdzie jestem i jak znalazłem się w tym miejscu. Zorientowałem się, że ktoś przykrył mnie moim płaszczem.

W pewnym momencie wszystko do mnie wróciło. Napad na bank, porwanie. I magiczna tabletka, która zabrała mnie do krainy ciemności. Gardło ścisnęło mi się ze strachu.

Przez kilka minut leżałem bez ruchu, a potem odważyłem się przewrócić nieznacznie na bok. Zdałem sobie sprawę, że leżę na tylnym siedzeniu auta. Jechaliśmy. Zamknąłem powieki, żeby kierowca nie zorientował się, że odzyskałem przytomność. Nasłuchiwałem, leżąc bez ruchu. Po jakimś czasie intuicja szepnęła mi, abym otworzył oczy.

Na zewnątrz panował już półmrok. Światła latarni co jakiś czas zaglądały przez szybę, rozjaśniając na chwilę wnętrze pojazdu. Przy drodze widać było jedynie drzewa i krzewy, czasem za szybą migały jakieś pojedyncze budynki. Nie mijały nas żadne samochody.

Kierowca był skupiony na drodze. Trzymał kurczowo kierownicę, jakby bał się, że ta ucieknie przy najbliższej okazji.

Uświadomiłem sobie, że mam więcej swobody. Moja ręka nie była już przymocowana do uchwytu nad drzwiami, teraz obie dłonie były spięte kajdankami. Przeszło mi przez myśl, że mógłbym podnieść się znienacka i spróbować obezwładnić porywacza, zaciskając bransoletki na jego szyi. Widziałem takie sztuczki w filmach sensacyjnych, jednak mnie daleko było do twardziela. Szybko zrozumiałem, że w ten sposób spowoduję jedynie wypadek, z którego prawdopodobnie nie wyjdę cało. Poza tym bałem się, że gdy kierowca zorientuje się w moich zamiarach, profilaktycznie strzeli mi w głowę.

Nawet przy nadzwyczaj pomyślnym zrządzeniu losu, jakim byłoby chwilowe opuszczenie samochodu przez porywacza, nie przejąłbym auta, bo zwyczajnie nie umiałem prowadzić.

Przypomniało mi się, jak za każdym razem, kiedy oglądałem filmy akcji, kląłem na ofiary, które zamiast działać rozsądnie, zachowywały się całkowicie irracjonalnie. Przeprosiłem w duchu wszystkie postacie fikcyjne, które zostały przeze mnie zbluzgane i skrytykowane. Kolejny raz zamknąłem bezradnie oczy. Tliła się we mnie odrobina nadziei, że kiedy je znów otworzę, wybudzę się z koszmaru.

Po pewnym czasie auto skręciło ostro w lewo. Wjeżdżało teraz pod górę. Droga była wyboista i wąska, wiodła wśród bujnej roślinności – wyraźnie słyszałem ocierające się o karoserię gałęzie. Trzęsło tak, jakbym jechał karocą ciągniętą przez parę koni.

Poczułem mdłości. Przypomniało mi się, że w dzieciństwie cierpiałem na chorobę lokomocyjną. Niewiele myśląc, podniosłem się do pozycji siedzącej. Przybliżyłem twarz do opuszczonej nieco szyby i łapczywie zaciągałem się powietrzem. Przyciskałem do siebie płaszcz jak kobieta zakrywająca nagi biust, gdy ktoś zaskoczy ją podczas opalania się w stroju topless.

Przestraszony spojrzałem na kierowcę. Właśnie uświadomiłem mu ponad wszelką wątpliwość, że odzyskałem przytomność.

Mężczyzna spoglądał na mnie w lusterku z ciekawością. Przy skrzyni biegów leżał pistolet.

– Sorki, ale zrobiło mi się niedobrze – wymamrotałem, z przerażeniem oczekując reakcji porywacza.

– Już dojeżdżamy, dasz radę – odpowiedział.

Wkrótce moim oczom ukazał się niewielki drewniany dom, w ciemności przypominający miejsce akcji horroru. Silnik samochodu ucichł, a ja rozglądałem się wokół siebie. W pobliżu domu rosło dużo drzew, nie zauważyłem za to żadnych innych budynków. Słychać było jedynie pasikoniki. Zmierzchało, więc ptaki schowały się już do gniazd i dziupli. Okolica była wyludniona, nie dostrzegłem ani jednego człowieka, do którego mógłbym podbiec z prośbą o udzielenie pomocy, oczywiście zakładając, że nie dostałbym wcześniej kulki w łeb.

Drzwi po mojej stronie się otworzyły, a ja znów zobaczyłem skierowaną we mnie lufę pistoletu.

– Wyłaź. Tylko nie kombinuj i bądź grzeczny, a wszystko będzie dobrze – powiedział mężczyzna.

Wysiadłem i dałem się poprowadzić do chaty.

Pomimo niekomfortowej sytuacji, w której się znalazłem, nie mogłem nie dostrzec uroku domu. Ściany korytarza obite zostały boazerią i ozdobione obrazami przedstawiającymi dzikie zwierzęta. Oświetlenie dawały kinkiety w kształcie lamp naftowych. W nozdrza uderzała delikatna, leśna woń, którą łapczywie wchłonąłem do płuc.

Zobaczyłem czworo drzwi. Jak się wkrótce dowiedziałem, prowadziły do kuchni, łazienki, salonu oraz sypialni. W salonie mężczyzna rozejrzał się, po czym kazał mi usiąść na fotelu. Sprawnie przypiął moją dłoń kajdankami do poręczy mebla.

– Idę wziąć prysznic. – Zostałem poinformowany. – Jak już pewnie zdążyłeś zauważyć, nie mamy sąsiadów. Więc nawet jeśli zechcesz drzeć japę, to na niewiele się to zda. Zresztą nie sądzę, aby udało ci się uciec razem z fotelem. – Zaśmiał się ironicznie, wyraźnie zadowolony ze swojego sprytu. – Zatem poczekaj tu grzecznie i nie kombinuj.

Rozejrzałem się po pomieszczeniu. Salon zapewne stał się dumą architekta oraz dekoratora wnętrz. Nie był duży, ale wysoki strop dawał poczucie większej przestrzeni. Ze środka sufitu zwisał potężny żyrandol w kształcie jelenich poroży, na zakończeniach odrostków zainstalowane były żarówki. Ściany, tak jak w korytarzu, ozdobione były najróżniejszymi malowidłami z leśną florą i fauną. Przeszklone drzwi tarasowe przykrywały ciężkie zasłony, które złączone ukazywały wzór w postaci alejki wśród wysokich, liściastych drzew. Tuż przy drzwiach do ogrodu stał duży stół, któremu towarzyszyło osiem krzeseł, pokrytych zielono-brązową tapicerką. Idealnie wkomponowywały się w aranżację.

Niedaleko stołu stała serwantka zapełniona porcelaną, szkłem, srebrem i innymi przedmiotami wchodzącymi w skład zastawy stołowej. Mebel zdobiła umieszczona na górze figurka przedstawiająca watahę wilków. Ja sam siedziałem na fotelu z ciemnozielonym obiciem i drewnianymi podłokietnikami, obok stała kanapa, przy kanapie – ława. Na podłodze leżała imitacja skóry niedźwiedzia z realistycznie wyglądającą głową. Pod ścianą naprzeciwko stała komoda z barkiem. Nad nią wisiał średniej wielkości telewizor LCD; jako jedyny nie pasował do wystroju.

Jak na osobę, która właśnie została uprowadzona przez sprawcę napadu rabunkowego, zachowywałem się nadzwyczaj spokojnie. Kiedy w przeszłości wyobrażałem sobie siebie w jakiejś dramatycznej sytuacji, zawsze miotałem się panicznie, niestrudzenie krzycząc w poszukiwaniu ratunku aż do utraty przytomności – z wysiłku lub w wyniku ogłuszenia przez kogoś, kto już nie mógł znieść tych wrzasków.

Poniekąd była to zasługa mojego porywacza, który swoim zachowaniem nijak nie przypominał czarnego charakteru portretowanego w filmach. Wręcz przeciwnie, czułem jakąś dobrą energię bijącą od tego człowieka. Ostatecznie pozwolił mi się w samochodzie spokojnie wyspać, uwolnił moją rękę z uchwytu nad drzwiami, a na dodatek troskliwie okrył płaszczem.

To dziwne, ale czułem się w miarę bezpiecznie, co nie znaczyło, że co jakiś czas nie odzywał się instynkt przetrwania. Kiedy usłyszałem szum prysznica w łazience, zacząłem się gorączkowo rozglądać w poszukiwaniu czegoś przydatnego do samoobrony.

Ława świeciła golizną. Zdecydowałem się przestudiować wnętrze szuflad i sprawdzić, co kryje w sobie drewniany barek. Meble te stały po drugiej stronie salonu, więc żeby do nich dotrzeć, musiałem ciągnąć za sobą fotel. To powodowało hałas, a przecież nie chciałem zaalarmować porywacza. Nie szło mi za dobrze. Przy każdym głośniejszym szurnięciu zatrzymywałem się na chwilę, wyczekując w progu wystrzelonego z łazienki jak z procy półnagiego gościa.

Gdy w końcu dotarłem do komody, zacząłem po kolei otwierać wszystkie szuflady, ale nie znalazłem niczego przydatnego. W jednej z nich odkryłem jakieś dokumenty, w innej gry planszowe, które jednak kompletnie mnie nie interesowały. Otworzyłem więc barek, odsłaniając przy tym sporą kolekcję butelek z alkoholem. Liczyłem, że może znajdę tam korkociąg, ale moje nadzieje okazały się płonne.

Nagle zdałem sobie sprawę z tego, że nie słyszę już szumu wody w łazience. Szybko chwyciłem pierwszą z brzegu butelkę, ułożyłem na siedzisku i przepchnąłem fotel w poprzednie miejsce przy ławie. Wkrótce zmaterializował się przede mną porywacz, wciąż mokry i ubrany jedynie w krótkie spodenki, wyraźnie zdumiony tym, co zobaczył.

– Co jest? Co robisz?! – zapytał z irytacją.

– Pić mi się zachciało – odburknąłem, wznosząc butelkę wina.

Mężczyzna agresywnie wyrwał mi flaszkę z ręki.

– Chciałeś mi tym rozbić głowę czy może rzucić we mnie, gdy się odwrócę?!

– Słucham? – spytałem zbity z tropu. – Kurczę, że ja na to nie wpadłem... – powiedziałem bez zastanowienia, a zaraz potem dodałem: – Chciałem po prostu napić się czegoś mocniejszego. Nie jestem codziennie wywożony jako zakładnik. Postanowiłem więc sobie pomóc, żeby się trochę zrelaksować.

Ostatnie zdanie wypłynęło ze mnie pod wpływem emocji. Wypowiedziałem je podniesionym, lekko drżącym głosem.

Mężczyzna patrzył na mnie przez dłuższą chwilę, a potem odwrócił się i zniknął w kuchni. Wrócił z kieliszkiem wypełnionym po brzegi ciemnoczerwonym płynem, podał mi go i poszedł do łazienki. Niewiele myśląc, pociągnąłem długi łyk. Alkohol był mocny, od razu poczułem ciepło w przełyku. Pociągnąłem drugi haust, i kolejny, aż opróżniłem kieliszek.

Moje ciało domagało się więcej. Tymczasem siedziałem w salonie sam, a butelka znajdowała się w kuchni. Nie miałem innego wyjścia, jak tylko czekać na wybawcę, który ponownie napełni mi kieliszek.

– Mogę jeszcze? – zapytałem, gdy mężczyzna znów pojawił się w salonie, wysuszony, ubrany i znacznie spokojniejszy.

– Już? – Otworzył szeroko oczy, zszokowany, ale spełnił moją prośbę.

Podał mi pełny kieliszek i usiadł na kanapie niedaleko mnie.

Milczeliśmy. Tym wyraźniej słychać było wszystkie dźwięki, które emitował dom. Gdyby w tym momencie ktoś wszedł do pomieszczenia, na pewno wyczułby dziwną energię przepływającą pomiędzy nami.

W końcu mężczyzna się odezwał:

– Nie powinno cię tu być. Nie chciałem tego. Nie planowałem porwania. Ogólnie to... wszystko wyobrażałem sobie inaczej!

– To mnie wypuść! – zawołałem. – Po co mnie tu przywlokłeś?

Potrząsnął głową.

– Teraz to nie jest takie łatwe, bo wiesz, jak wyglądam – odparł z rezygnacją. – A przecież chciałem pozwolić ci uciec wtedy przy aucie, pamiętasz? Gdyby nie ten pieprzony robal, nie byłoby cię tutaj, a ja mógłbym spokojnie realizować swój plan.

- Przecież nikomu nic nie powiem. Obiecałem ci to. Pamiętasz? - odpowiedziałem, w następnym momencie uświadamiając sobie, że chyba przesadziłem z ironią.

- No jasne, już mi lepiej, dziękuję. Nie wiedziałem, że można było to tak szybko załatwić.

Wtedy uznałem, że to mój gospodarz jest mistrzem sarkazmu.

- Siku mi się chce po tym winie - zmieniłem temat. Teraz już nie wiem, czy tę zmianę wymusiło rzeczywiste parcie na pęcherz, czy potrzeba zaprzestania bezsensownej rozmowy. Z całą pewnością jednak zdezorientowałem tym swojego rozmówcę.

- Ty tak zawsze? - zapytał, a potem odpiął kajdanki z oparcia fotela. Wolną obręcz zacisnął na moim drugim nadgarstku, a potem zaprowadził do łazienki.

Ze zdziwieniem zauważyłem, że pozostawił uchylone drzwi. Cały czas obserwował mnie uważnie przez powstałą szparę.

- Teraz to chyba ty jaja sobie robisz! - wybuchnąłem. - To nie jebany film akcji! Myślisz, że spierdolę przez to ledwo uchylające się okno?! A może spuszczę się z wodą w kiblu?!

Po fakcie stwierdziłem, że trunek wszedł mi trochę za mocno. Chyba osiągnąłem stan, który sam określałem jako nieśmiertelność alkoholowa. Aczkolwiek musiałem być dość przekonywający, bo drzwi się zamknęły. No i nie kłamałem w sprawie lufcika.

Szybko zrobiłem, co trzeba, i umyłem ręce. Kiedy przycisnąłem klamkę i naparłem na drzwi, prawie odbiłem się od czekającego tuż przy nich mężczyzny.

– Jak kocha, to poczeka – rzuciłem ironicznie i ruszyłem w stronę swojego fotela.

Zatrzymał mnie w połowie drogi i silnym szarpnięciem pociągnął w stronę kanapy, a potem cisnął na siedzisko i przykuł do bocznej poręczy.

– Słuchaj, gówniarzu – wysyczał. – Jestem cierpliwy, ale do czasu, więc sobie nie pozwalaj. Rozumiesz?!

Poczułem ból na ramieniu spowodowany jego mocnym uściskiem.

– Aua, to boli! – zaprotestowałem ze łzami w oczach. – Niech cię...!

Całe szczęście udało mi się zamknąć, zanim z moich ust wyrwało się coś głupszego. Chyba jednak byłem w desperackim nastroju, bo po chwili odezwałem się znowu:

– W głębi duszy się ciebie nie boję. Czuję, że jesteś dobrym człowiekiem i nie chcesz mi zrobić krzywdy. Niemniej każdy z nas ma w sobie zwierzęce instynkty, które czasem przejmują nad nami kontrolę. Zostaw mnie więc w spokoju, bo głowa mi od tego wszystkiego paruje.

Nie miałem bladego pojęcia, skąd ten wywód. Faktem było, że po raz kolejny zagiąłem gościa, który patrzył na mnie, kompletnie nie wiedząc, co odpowiedzieć.

– Kim ty, kuźwa, jesteś? – zapytał w końcu, po czym westchnął i zostawił mnie samego.

Z dochodzących z kuchni odgłosów i zapachów domyśliłem się, że przygotowuje kolację. Po jakimś czasie postawił na ławie dwie nieduże miski z makaronem, pokrytym żółtym sosem i obsypanym czymś zielonym, jakby chciał wzmocnić walory zdrowotne dania. Przyniósł także butelkę z resztką wina, które wlał do mojego kieliszka. Potem rozsiadł się na kanapie jak król i zaczął żarłocznie pochłaniać jedzenie.

– Ekhem. A uda się odpiąć to tutaj? – spytałem, wskazując wymownie na moją uwięzioną dłoń. Mężczyzna bez sprzeciwów zrobił, o co go prosiłem. Ostentacyjnie rozruszałem zdrętwiały nadgarstek, a potem pochyliłem się nad miską, analizując jej zawartość. Na moje oko był to Mac'n'Cheese z puszki, z dodatkiem szczypiorku.

– O, bez mięsa! Masz szczęście, bo jestem wegetarianinem – rzuciłem do gospodarza bez zastanowienia, a potem spojrzałem na niego zmieszany. – Znaczy się... nie tak miało to zabrzmieć. Chodziło mi o to, że dobrze, że nie ma w tym mięcha... No wiesz... Dziękuję – plątałem się z głupim uśmiechem.

Mężczyzna spojrzał na mnie spode łba, a potem pokręcił lekko głową w geście niedowierzania. Chyba jednak dostrzegłem na jego twarzy nikły uśmieszek.

Pożarłem wszystko, jakby to była najsmaczniejsza potrawa pod słońcem, na koniec skrupulatnie zbierając sos z brzegów naczynia. Zajęło mi to nieco więcej czasu niż mojemu towarzyszowi, który wyczyścił swoją michę w mgnieniu oka, szorując hałaśliwie widelcem po porcelanie.

Na deser wypiłem wino, które skomponowało się z daniem niezwykle dobrze. Znów poczułem połączenie z innym, lepszym światem.

Na zegarze wybiła dwudziesta trzecia trzydzieści, a we mnie wzbierał imprezowy nastrój.

– To co, jeszcze po jednym? – zapytałem znienacka. – Ale tym razem miło byłoby mieć towarzystwo w tej niedoli...

Gospodarz podniósł się z kanapy i pozbierał z ławy brudne naczynia. Zaniósł to wszystko do kuchni i powrócił ze szklanką, do której nalał whisky i coli. Rzucił na mnie okiem, po czym wyjął z barku butelkę wina. Znów napełnił mój kieliszek.

– Jak masz na imię? – zapytałem, bo wypity alkohol dodał mi odwagi.

– Ewidentnie stroisz sobie ze mnie żarty, chłopcze – odpowiedział. Po chwili dodał: – Możesz do mnie mówić Johnny.

– No tak, anonimowość to podstawa w tej branży – skwitowałem. – Choć nie do końca ci wyszło w zakresie ukrywania twarzy. Prawda... Johnny? – Nie mogłem się powstrzymać i zacząłem chichotać. – Wybacz! – rzuciłem po chwili, ale porywacz nie wyglądał na wściekłego.

– Fakt, niezbyt profesjonalnie to wygląda – podsumował i zaśmialiśmy się obaj.

– W jakim celu ten rabunek? Co cię zmusiło do takiej decyzji? – spytałem.

– Przypominam, że nie jesteśmy kolegami – rzucił sucho, przywołując mnie do porządku. – Odpalę jakieś radio.

Za chwilę pomieszczenie wypełnił głos Johna Lennona, śpiewającego piosenkę *Imagine*.

Wyobraź sobie, że nie ma państw.
To nie jest trudne do osiągnięcia.
Nie ma za co zabijać ani poświęcać życia.
I nie ma też religii.
Wyobraź sobie, że wszyscy ludzie żyją w pokoju.

Słuchałem tych zachwycających słów z zamkniętymi oczami.

– Uwielbiam tę piosenkę – wyznałem. – Wprawdzie wolę wersję w innym wykonaniu, ale nie o to chodzi. Ten tekst jest ponadczasowy i pasuje do naszego świata jak ulał. Ja też jestem takim marzycielem. Wyobrażasz sobie, jak by to było, gdybyśmy nie byli podzieleni?

Johnny popatrzył na mnie z ciekawością, ale i zakłopotaniem. Potem się zamyślił i przez chwilę sprawiał wrażenie, że odpłynął gdzieś daleko. Nagle wstał z sofy jak porażony piorunem i jednym łykiem wypił zawartość szklanki, a potem wyrwał mi z ręki kieliszek z niedopitym winem.

– Koniec pogaduch, idziemy spać – oznajmił szorstko. – Jutro pomyślę, co z tobą zrobić.

– Jeny, człowieku! Weź się lecz, przecież nic takiego nie powiedziałem – zawołałem, zdziwiony jego reakcją. – I ty mi mówisz, że to ze mną jest coś nie tak.

– Jesteś irytujący – warknął i ponownie zapiął kajdanki na moim nadgarstku. – Śpisz tutaj, bo nie wiem, gdzie indziej mógłbym cię przykuć.

Pojebany typ – tym razem na szczęście tylko pomyślałem. Byłem w szoku, że ten człowiek potrafił w jednej chwili wybić mnie ze stoickiego spokoju, nad którym pracowałem latami.

Johnny odsunął ławę, po czym przepchnął bliżej mnie zajętą wcześniej przez niego kanapę. Przyniósł gruby koc i poduszkę.

– Trzymaj, może będzie ci w miarę wygodnie.

– Muszę jeszcze skorzystać z toalety przed snem – zapowiedziałem. – Chyba że mam ci obsikać wszystko dookoła albo wołać cię z drugiego pokoju w środku nocy.

Tym razem porywacz wykazał się niesłychaną cierpliwością. Pozwolił mi samodzielnie pójść do toalety, a potem znów, tym razem znacznie delikatniej, zostałem przytwierdzony kajdankami do poręczy.

Chyba naprawdę życie było mi niemiłe, bo kiedy zniknął w swojej sypialni, miałem ochotę krzyknąć, czy jest szansa na szczoteczkę i pastę, wszak to przecież niehigienicznie kłaść się do łóżka z nieumytymi zębami.

Światło w salonie zgasło, a ja – z nieuzasadnionym okolicznościami bananem na twarzy – przykryłem się pledem i ułożyłem wygodnie.

Postanowiłem, że następnego dnia nie będę próbował nawiązywać przyjaznych kontaktów z moim wiecznie naburmuszonym porywaczem. Być może dzięki temu uda mi się szybciej odzyskać wolność.

Wydawało mi się, że wiem, co nastąpi. Pewnie mój prześladowca wywiezie mnie samochodem na jakieś pustkowie, żebym niezbyt szybko trafił do domu, i wyjedzie sobie za granicę z dokumentami zawierającymi fałszywe dane. I choć w końcu ktoś mnie przesłucha i wydobędzie dokładny rysopis Johnny'ego, on sam będzie już daleko, a policja będzie go mogła cmoknąć w dowolne miejsce. Ja z kolei zostanę na chwilę gwiazdą w swoim miasteczku i będę dawał wywiady lokalnym gazetom oraz opowiadał znajomym, jak to wszystko wyglądało, dodając, że porwanie wcale nie musi być takie straszne.

Pełny optymizmu przymknąłem powieki i próbowałem zasnąć, jednak wcale nie było to takie łatwe.

*

Unosiłem się nad powierzchnią wody. I choć nie mogłem poruszyć kończynami, czułem się wolny. Gdzieś w pobliżu rechotały wesoło żaby, a nade mną latały kolorowe ważki. Niektóre z nich zatrzymywały się w locie, żeby na mnie popatrzeć. Jakby chciały zobaczyć człowieka, którego każdy skrawek ciała i duszy opanowała najczystsza błogość.

W rzeczywistości nieszczególnie przepadałem za tymi skrzydlatymi stworzonkami, ale panowała niezwykle przyjemna atmosfera, więc nie panikowałem. Dryfowałem leniwie nad taflą jeziora, ciesząc się każdą sekundą. Pode mną niefrasobliwie pływały tęczowe rybki. Wiedziałem to wszystko, choć przecież nie mogłem widzieć, bo nie miałem oczu z tyłu głowy. Nie przejmowałem się niczym. Byłem wręcz zachwycony.

Sądziłem, że otrzymałem od życia jakiś szczególny dar, jakby chciało mi w ten sposób wynagrodzić dotychczasowe trudności. Powoli jednak moja euforia zaczęła ustępować niepokojowi i coraz silniejszemu wrażeniu, że coś tu przecież nie gra. Czy przeniosłem się do innego wymiaru? A może przeszedłem właśnie reinkarnację i stałem się jedną z tych rybek na dole? Może proces przebiegł zbyt szybko i dlatego tak dobrze pamiętałem swoje poprzednie wcielenie, przez co trudno było mi się dostosować do nowego stanu rzeczy? Nie miałem pojęcia, co się stało. Panika wzrastała i moje dryfowanie stawało się coraz mniej przyjemne.

Wszystkie towarzyszące mi żywe istoty, dotychczas bardzo spokojne i przyjazne, ocknęły się z transu w tym samym czasie i nagle zaczęły wydawać inne, mniej kojące dźwięki, a w ich ruchach pojawiła się gwałtowność.

Tafla wody się zmarszczyła, a potem znikąd pojawiły się fale, które zaczęły zalewać moje ciało. Zdawało się, że sadzawka chce mnie pochłonąć. Najwidoczniej nie spodobała jej się moja energia i postanowiła ochronić swoje środowisko przed naruszającym harmonię nieznajomym. Ja sam wciąż nie panowałem nad własnym ciałem, choć mógłbym przysiąc, że moje kończyny wykonują jakieś ruchy.

Zacząłem tonąć. Spazmatycznie łapałem oddech, kiedy tylko moje nozdrza wyłowiły dopływ powietrza. Byłem pewny, że to koniec mojego żywota. Wtedy poczułem na swoich barkach silne ręce.

– Hej, hej. Spokojnie! Uważaj z tymi przeszczepami! – Usłyszałem jakby z daleka.

Ocknąłem się. Porywacz przytrzymywał dłońmi moje ręce, dolną częścią ciała unieruchomił nogi. – Chyba nie miałeś zbyt dobrego snu, bo wierzgałeś jak koń. Nawet walnąłeś mnie kolanem.

– Przepraszam... Cholera jasna, co to było...? – wymamrotałem, gdy mężczyzna uwolnił mnie z uścisku. – Topiłem się. Ta woda... Matko, ta woda była jak żywa istota! Cholernie dziwny sen...

Brałem długie, głębokie wdechy, żeby się uspokoić. Uświadomiłem sobie, że moje ręce nie były już skrępowane.

Johnny wykazywał się tego poranka wielkodusznością. Okazało się, że gdy spałem, pojechał do lokalnego sklepu i kupił dla mnie kilka niezbędnych rzeczy. W łazience znalazłem nową szczoteczkę do zębów, komplet bielizny, skarpet i dwa ręczniki. Były też dwie bluzy i spodnie na zmianę.

Pozwolił mi wziąć prysznic. Powiedział, że mogę użyć jego kosmetyków.

Postanowiłem, że nieco nadużyję gościnności i zamiast szybkiego prysznica wypełnię wannę gorącą wodą i zanurzę się w niej po szyję. Kiedy otuliła mnie ciepła ciecz, przypomniał mi się mój sen. Przez chwilę czekałem ze strachem, czy znów nie zacznie się zabawa w topielca. Udało mi się uspokoić myśli i poddałem się odprężającej mocy kąpieli.

Przez uchylony lufcik do środka wpadał kojący duszę leśny koncert. Gdybym był mniej rozsądny, w ogóle nie wychodziłbym z wanny, nie chciałem jednak rozjuszyć porywacza.

Zacząłem zmywać z siebie wczorajszy brud. Na nadgarstku widać było pręgę po kajdankach. Spoglądałem na nią przez chwilę, zastanawiając się, czy tylko na tych obrażeniach skończy się ta nadzwyczaj oryginalna przygoda. Sam byłem dziwakiem, pewnie przyciągałem takie sytuacje.

Kiedy odświeżony wszedłem do salonu, na stole czekały już dwa nakrycia i miska wypełniona kolorową sałatką.

– Siadaj, zaraz przyniosę resztę. – Usłyszałem.

Zająłem wybrane przez siebie krzesło, a wtedy na blacie pojawił się koszyk z pokrojoną ziarnistą bagietką, a nade mną zawisła parująca patelnia.

– Mów, ile ci nałożyć – powiedział mężczyzna, serwując jajecznicę z pomidorami.

Poczułem się dość surrealistycznie. Nie byłem już pewny, czy zostałem porwany, czy uratowany.

– Nie lubisz jajecznicy? – Głos Johnny'ego wyrwał mnie z letargu.

– Nie, skądże! Lubię.

– To o co chodzi? – zapytał zdziwiony. – Nie bój się, nie jest zatruta.

– Nie w tym rzecz – odparłem niepewnie. – Bo widzisz... inaczej sobie wyobrażałem przetrzymywanie kogoś pod przymusem. Czy jestem w ukrytej kamerze? Coś mnie ominęło? Nie mam telewizji, więc nie wiem, co teraz jest na topie.

– Źle ci? – burknął, nabierając jajka na widelec. – Wolisz, bym cię związał i maltretował?

Tą odpowiedzią dał mi mocnego kopa. Miał rację, szukałem dziury w całym. Tymczasem trzeba było cieszyć się chwilą, żyć tu i teraz, bo jutra mogło nie być.

Przysunąłem do siebie miskę z sałatką, napakowałem sporą łyżkę na talerz i uśmiechając się szczerze, skwitowałem:

– Kurczę, faktycznie, zgadzam się z tobą. Zapomnij o tym, co powiedziałem. Masz może kawę?

*

Na zewnątrz było pogodnie i słonecznie, a w domu pachniało świeżo zaparzoną kawą. Choć byłem skazany na podziwianie pięknej aury jedynie przez okno, i tak cieszyłem się tym widokiem jak dziecko.

Johnny tymczasem wyraźnie spochmurniał. Wydawało się, że chce mnie o czymś poinformować, ale nie bardzo wie jak.

– Muszę załatwić papiery i opuścić kraj – powiedział w końcu. – Do tego czasu będę zmuszony cię tu trzymać. Nie mogę ryzykować, że pójdziesz na policję. Myślę, że to nie potrwa długo... Maksymalnie tydzień. Trochę pokrzyżowałeś mi plany, więc muszę się zabezpieczyć.

– Jasne – odpowiedziałem, jakby przedstawił mi program wycieczki, a ja miałbym w tej sprawie cokolwiek do powiedzenia. – Powiedz mi tylko... dlaczego?

– O co mnie pytasz? – Spojrzał mi prosto w oczy, wyraźnie zdezorientowany.

– Co cię skłoniło do takiego desperackiego kroku? Napad na bank?! Nie wyglądasz na bandziora, twoje zachowanie też na to nie wskazuje. Głowię się nad tym bardzo mocno. Przez myśl przeszło mi nawet, że ten pistolet to zabawka, ale nie chciałbym się przekonać, że się mylę – wyjaśniłem ostrożnie.

– Nie twój biznes – odparł szorstko.

– Może i nie mój, ale należą mi się jakieś wyjaśnienia. Wiem, że nie chciałeś, abym tu był, ale chyba po coś się tu razem znaleźliśmy. Pewnie mniej by mnie to intrygowało, gdybyś stosował wobec mnie przemoc. Wtedy instynkt wziąłby górę i próbowałbym stąd uciec. A tak... – zawahałem się. – Może nie powiem, że czuję się bezpiecznie, ale już nie mam w sobie lęku. Jak sam wiesz, nie podjąłem też próby ucieczki. No dobra, może pomijając początkowe przeszukiwanie szuflad. Tak. Przyznaję się bez bicia. Nie szukałem mocnych trunków.

Johnny westchnął.

– Moja mama jest ciężko chora – powiedział. – Lata płacenia składek na ubezpieczenie zdrowotne, a zasrani lekarze nie mogą jej pomóc. Bo nie mają sprzętu, ludzi, wolnych terminów lub oczekują wygórowanych pieniędzy. Banda pasożytów! – Ostatnie zdania wypowiedział z pogardą. – Podjąłem więc decyzję, że obrobię bank. Wyjadę na jakiś czas za granicę, a potem ściągnę tam swoją matkę, aby załatwić jej leczenie.

Mężczyzna zamilkł. Przez jakiś czas wpatrywał się w stojący przed nim kubek, jakby w nim szukał kolejnych słów.

– Wpadłem w tę myśl po uszy – powiedział w końcu. – Przez to zwolnili mnie z pracy. Sama matka nie dałaby rady nas utrzymać. Zresztą nie mogłem patrzeć, jak każdego dnia czuje się coraz gorzej. Czas uciekał. Musiałem działać. Wymyśliłem plan, opracowałem każdy szczegół...

Takiego zwrotu akcji się nie spodziewałem. Chyba większość ludzi rozgrzeszyłaby go w tej sytuacji. Ostatecznie nikomu nie zrobił krzywdy.

– Przykro mi – powiedziałem, i były to szczere słowa. – Naprawdę ci współczuję. To musi być trudny okres w twoim życiu, nie wspominając o twojej mamie. Czułem, że w tej historii jest jakiś ważny szczegół, ale wiesz co? – Przystopowałem na chwilę, by wziąć oddech. – Czasem myślę, że wszechświat nie lubi, gdy robimy plany. Ma już własny pomysł na każdego z nas, przydziela nam określoną ścieżkę i każda próba zmiany toru staje się walką z wiatrakami. Nie mówię, że mamy nie próbować. Chodzi mi o te rzeczy, które wprowadzamy do swojego życia wbrew naszym odczuciom, wbrew temu, co nam podpowiada serce. Wiesz, o czym mówię? – Nie byłem do końca pewny, czy powinienem się z nim dzielić tą refleksją, ale uznałem, że przyszła do mnie nie bez powodu.

– Sugerujesz, że powinienem odpuścić? Obserwować znaki na niebie? Zaakceptować to i oddać się swoim sprawom, jak gdyby nigdy nic? – W jego głosie usłyszałem wzbierającą złość.

Zacisnął palce na kubku z kawą.

– Niekoniecznie. Miałem na myśli inne możliwości, na czele z opanowaniem negatywnych emocji. Rzadko są naszymi sprzymierzeńcami. Ciebie też nie doprowadziły do niczego rozsądnego. – Zatrzymałem się, oczekując na ripostę. Byłem pewny, że wybuchnie, ale tak się nie stało. – Zdaję sobie sprawę, że to trudne. Sam nie jestem ideałem i nie będę, ale się staram. Zresztą możliwe, że zdążyłeś to zauważyć. Wracając do sedna, nie wiem, z czym wiąże się problem, ale są inne sposoby, nie tylko farmaceutyka. W zasadzie akurat tego unikam jak ognia. Nie myślałeś o ziołolecznictwie, homeopatii, innych metodach naturalnych?

– Nie – odparł stanowczo Johnny i myślałem już, że na tym się skończy nasza rozmowa. On jednak podjął wątek: – Skupiłem się na znalezieniu odpowiedniej placówki, opracowaniu planu i zebraniu pieniędzy. Możliwe, że masz rację. Powinienem się trochę utemperować – przyznał, po czym westchnął i jak gdyby nigdy nic podniósł się z krzesła, zbierając brudne kubki. – Dobra, nieważne już. Stało się, co się stało, i już tego nie odkręcę. Za późno. Muszę dokończyć, co zacząłem.

– Nigdy nie jest za późno – szepnąłem, choć nie mógł mnie usłyszeć, bo już prawie wchodził do kuchni.

Nagle przystanął w progu.

– Jest prawdziwy.

– Słucham? – zapytałem zaskoczony.

– Pistolet. Zastanawiałeś się, czy to zabawka. Postanowiłem rozwiać twoje wątpliwości. Tak na wszelki wypadek. – Mrugnął zawadiacko i opuścił salon.

*

Kolejne dni wyglądały dość podobnie, aczkolwiek o poranku obywało się bez koszmarów. Z Johnnym nawiązaliśmy bliższą więź, jak by to nie brzmiało. Dużo rozmawialiśmy. W efekcie dochodziło między nami do mniejszej liczby nieporozumień, co z kolei skutkowało brakiem kłótni na poziomie przedszkolnym. Nigdy nie kusiło mnie, by włączyć telewizor. Zachowywałem się jak wzorowy zakładnik. W nagrodę otrzymałem zgodę na wychodzenie na zewnątrz, tylko nie mogłem się oddalać od domu. Czułem się jak dzieciak pod rodzicielskim nadzorem.

Johnny otwierał się przede mną coraz bardziej i częściej opowiadał o sobie. Przez to wszystko wczułem się w jego sytuację; narastała we mnie chęć pomocy. Nawet zacząłem obmyślać plan ucieczki! Oczywiście nie pochwalałem jego występku, ale czułem, że nie zasłużył na to, aby zgnić w pierdlu.

W idealnym świecie stworzonym przez moją wyobraźnię złodziej oddałby wszystko, co ukradł. Opowiedziałby policji to, co powiedział mnie, a następnie ze skruchą odbębniłby jakieś szczytne prace na rzecz społeczeństwa. Ale jednocześnie dostałby tak bardzo potrzebną pomoc. Nagle znalazłem się w rzeczywistości, w której ludzie nie plują jadem, ale każdy jest dla siebie jak brat i siostra. Nie ma chorób, manipulacji. Wszyscy żyją w zgodzie z naturą.

Moje utopijne wizje przerwało trzaśnięcie szafki kuchennej, a zaraz potem dźwięk tłuczonego szkła, opatrzony wiązką przekleństw.

– Wszystko w porządku? – rzuciłem, ocierając łzę, bo się wzruszyłem swoimi wyobrażeniami.

Nie uzyskałem odpowiedzi, więc poszedłem sprawdzić. W kuchni okazało się, że straciliśmy jeden kieliszek do wina, ale sam winowajca nie poniósł żadnego uszczerbku na zdrowiu.

– Nie wiem, jak to się stało, ale właściciel tej chaty ma tyle szkła, że pewnie nie zauważy strat – skomentował. – Chcesz wina?

– W zasadzie co mi pozostało, skoro nawet na spacer nie mogę pójść – odrzekłem i wróciłem do salonu z dwoma kieliszkami.

– Wytrzymasz, nie marudź. Jeszcze kilka dni.

Nie pytałem, skąd weźmie lewe papiery i skąd w ogóle ma znajomości pozwalające na ich uzyskanie. Czasem im mniej wiesz, tym lepiej śpisz. W tym wypadku to powiedzenie pasowało jak ulał.

Przypomniałem sobie, że podczas przetrząsania komody pierwszego wieczoru natknąłem się na gry planszowe. Zacząłem otwierać szuflady, aż znalazłem to, czego szukałem. Mój wybór padł na grę Dobble. Lekka, przyjemna zabawa, którą lubiły nawet brzdące mojej siostry. Otworzyłem fioletowe pudełeczko z kartami i przejrzałem obrazki, by przypomnieć sobie ich nazwy po angielsku.

– Co podglądasz? – oburzył się Johnny, stanąwszy obok. – Widzę, że wcale nie jesteś lepszy ode mnie...

– Sprawdzam tylko obrazki, buraku – odparłem, patrząc na towarzysza zmrużonymi oczami. – Nie wiem, czy pamiętasz, ale ja się w tym kraju nie urodziłem! Przypomnij mi, proszę, jak nazywacie ten znak?

– *Question mark* – odpowiedział rozbawiony i odstawił butelkę z czerwonym trunkiem na ławę. – Widzę, że mam wygraną w kieszeni, skoro nie znasz podstawowych słów!

- Żebyś się nie zdziwił - odparowałem z pewnością siebie, podciągając rękawy, jak gdybym się przygotowywał do walki.

- Ho, ho, ktoś tu się chyba szykuje na poważną rozgrywkę. Daj, poleję ci - zdecydował, sięgając po mój kieliszek. Następnie wyjął z talii jedną kartę. - Ej, ale dziwny konik morski!

- No ładnie, widzę, że mam wygraną w kieszeni, skoro nie odróżniasz konika morskiego od smoka - zripostowałem, po czym obaj wybuchnęliśmy śmiechem.

Jednak to Johnny miał rację. Z powodu presji czasu angielskie słowa wylatywały mi z głowy. Pokazywałem palcami. Mieszałem wszystkie wyrazy z polskimi. Zabieraliśmy lub przykrywaliśmy karty, przeszkadzając sobie nawzajem w znalezieniu odpowiedniego symbolu. Śmialiśmy się przy tym jak dzieci.

Zabawę przerwał dzwonek telefonu. Johnny odebrał w sąsiednim pokoju. Ton jego głosu zdradzał podenerwowanie, często rzucał słowem *fuck*, więc zapewne nie otrzymał pozytywnych wiadomości.

Domyśliłem się, że już nie wrócimy do gry, więc zebrałem karty ze stołu. Wprawdzie rozmowa telefoniczna nie trwała zbyt długo, ale po jej zakończeniu Johnny nie pojawił się w salonie. Poszedłem sprawdzić, czy żyje.

- Co się stało? - zapytałem.

Porywacz siedział na łóżku, wpatrując się w podłogę i walcząc ze sobą, żeby nie wybuchnąć.

– Jest problem z papierami – wycedził przez zaciśnięte zęby. – Muszę czekać jeszcze kilka dni. Nie wiem, jak długo, ale czas nie jest naszym sprzymierzeńcem... W zasadzie moim, bo ty tutaj grasz rolę drugoplanową.

– Spokojnie, przecież nikt nie wie, że tu jesteśmy.

– A jeśli się dowiedzą? Zresztą nie chodzi tylko o to. Widziałem wiadomości. Szukają nas... Ten domek też nie jest wynajęty na zawsze. Poza tym będę musiał pojechać na zakupy, żebyśmy nie umarli z głodu. Szczególnie ty, bo kończą się rzeczy bezmięsne.

– Mogę pojechać z tobą? – Poderwałem się.

– Chyba zwariowałeś! Nie ma mowy! – odrzekł wzburzony. – Myślałem, że nie masz zamiaru sabotować mojego planu! Co ty sobie myślisz?! Chcesz uciec!

– Nie! – zaprzeczyłem od razu. – Serio? Miałem ku temu wiele okazji, nie uważasz? Po prostu muszę na chwilę opuścić ten dom. Odetchnąć, przypomnieć sobie, że istnieje świat poza tym miejscem. Myślisz, że to dla mnie łatwe? Nie tylko ty jesteś ofiarą tego bałaganu! Też mam uczucia i chociaż wydaję się spokojny, to wewnątrz mam niezłą rozpierduchę! – wyrzuciłem z siebie. – Nieważne, rób, co chcesz. Mnie interesuje tylko to, żeby wszystko już się zakończyło. Korzystnie dla nas obu – dodałem i wróciłem do salonu.

Nie wiem, co mi strzeliło do głowy. Kiedy usłyszałem, że jest szansa na złapanie świeżego powietrza i doświadczenie cywilizacji, odważyłem się spytać. Wiedziałem, że Johnny sporo by ryzykował. Nie chodziło nawet o to, że mógłbym podjąć próbę ucieczki, ale że ktoś mógłby mnie rozpoznać.

– Przemyślę to – mruknął Johnny pojednawczo, stając w progu salonu. – Dzisiaj nie chcę się nad tym zastanawiać, miło było zapomnieć o tym całym gównie. Czemu schowałeś karty? Już nie gramy?

Spojrzałem na niego znad lewego ramienia. Zauważyłem, że był skołowany, choć próbował to ukryć. Niewiele myśląc, otworzyłem fioletowe pudełko i rozłożyłem z powrotem talię z obrazkami.

– Teraz cię rozwalę! – zapowiedziałem, rzucając przeciwnikowi wyzywające spojrzenie.

– Nie strasz, nie strasz, bo się... – Nieoczekiwanie odezwał się po polsku.

– Nie kończ! – przerwałem mu wypowiedź, a kiedy się zorientowałem, że Johnny powiedział kilka słów w moim rodzimym języku, dopytałem: – Skąd ty w ogóle znasz to powiedzenie?

– Nie jesteś pierwszym Polakiem, którego spotkałem – wyjaśnił, uradowany z reakcji, którą wywołał. – No, a teraz nie gadaj tyle, tylko pokaż, co potrafisz.

– A żebyś wiedział! Koniczyna! – krzyknąłem i położyłem kartę na stół.

*

Kolejnego dnia obudziłem się z uczuciem niepokoju, jakbym przeczuwał, że wkrótce wydarzy się coś niedobrego. Sądząc po ciszy w domu, Johnny jeszcze spał. Bezszelestnie ruszyłem w stronę kuchni.

W tej chwili w mojej głowie rozbrzmiały głosy: *Dominik, masz okazję. Z tamtego pokoju nie dochodzi żaden dźwięk! On prawdopodobnie wciąż śpi. Drzwi zapewne zamknięte na klucz, ale przecież są okna. Nie ma krat, klamki nie są zablokowane, co ty tu jeszcze robisz?! Czy jesteś normalny?! Uciekaj!* Głosy w mojej głowie były tak stanowcze, że miałem wrażenie, iż ktoś do mnie mówi, starając się przywrócić mi rozum. Przez chwilę wpatrywałem się jak zahipnotyzowany w drzwi wejściowe. Otrząsnąłem się jednak i poszedłem do kuchni, by spróbować sklecić jakieś śniadanie.

Faktycznie jestem nienormalny – odpowiedziałem sobie w myślach, szczerząc zęby, jakby mi się przypomniał niesamowicie śmieszny żart.

Lodówka świeciła pustkami. Zostało jednak trochę warzyw, serek kanapkowy i jogurt. Postanowiłem się nie poddawać i wykorzystać swój talent kucharski. Przyrządziłem zawijane tortille z sałatą, ogórkami, pomidorami oraz sosem jogurtowo-ketchupowym.

Ułożyłem tortille na talerzach, polałem sosem i udekorowałem kwiatkami zrobionymi z pozostałej zieleniny. Wstawiłem wodę, wsypałem kawę do dwóch kubków i ruszyłem, by obudzić śpiącą królewnę.

Daleko jednak nie zaszedłem, gdyż szanowny śpioch stał już w progu i patrzył na mnie z rozbawioną miną.

– A ty nie chciałbyś zapisać się do programu „Mam talent"? – zapytał drwiąco.

Z początku sądziłem, że chodziło mu o efektownie podane śniadanie, po chwili jednak dotarło do mnie, że cały czas śpiewałem i tańczyłem, koncertowo kręcąc biodrami.

– Jak długo tu stoisz? – zapytałem, czerwieniejąc jak burak.

– Wystarczająco! – odrzekł i zgiął się wpół ze śmiechu.

Chwyciłem widelec i wymierzyłem go w towarzysza, udając śmiertelną powagę.

– Natychmiast masz to wymazać z pamięci albo mnie popamiętasz!

– Proszę, nie rób mi krzywdy! – odkrzyknął i podniósł ręce w geście poddania. Długo jednak nie wytrzymał w tej pozycji i ponownie zaczął rechotać.

– Mógłbym wydłubać ci tym oczy, wiesz? – skomentowałem ze śmiechem. – Ale ty jesteś durny! – dodałem, kręcąc głową, po czym zdjąłem z palnika gwiżdżący czajnik. – Idź mi stąd, bo cię poleję wrzątkiem! Tylko zabierz ze sobą talerze!

Prostuję: obaj jesteśmy nienormalni.

– Przez żołądek do serca, co? – powiedział Johnny z zadowoloną miną, przeżuwając ostatni kęs. – Kupiłeś mnie. Zamówię na Amazonie jakieś okulary dla ciebie. Dodamy parę innych drobiazgów, żeby nikt cię nie rozpoznał, i możesz ze mną jechać. Poszukam czegoś, co zostanie dostarczone najpóźniej jutro. Tym sposobem nie będziemy musieli wbijać zębów w ścianę. Na dziś zostały jeszcze jakieś resztki. Na pewno coś z nich wyczarujesz.

– Naprawdę?! Dziękuję! – wykrzyknąłem uradowany i ledwo się powstrzymałem, by go nie wyściskać w geście wdzięczności.

Dziwne, co ograniczenie wolności potrafi zdziałać z człowiekiem. Tym bardziej że zdarzało mi się nie wychodzić z domu przez kilka dni z własnej, nieprzymuszonej woli.

Razem przeglądaliśmy oferty handlowe, starając się wybrać przedmioty, które posłużą nam za elementy kamuflażu. W pewnym momencie jednak nas poniosło i zamiast się skupić na poważnym asortymencie, zaczęliśmy przeglądać kostiumy i śmieszne przebrania.

– Naprawdę myślisz, że nie będziemy wyglądać podejrzanie? – spytałem, skręcając się ze śmiechu. – Ty jako Borat z dupą na wierzchu, a ja porwany przez UFO? Swoją drogą niezłe dopasowanie, obaj na zielono! Sądzę, że lepiej od razu udać się na komisariat!

– A dlaczego to ja mam być Boratem? – zaprotestował. – Ty jesteś chudszy!

– Bujaj się! Chcesz się bawić, to się poświęcaj! Zresztą ja nie mam czego pokazywać! – odszczeknąłem, po czym przywołałem nas do porządku. – Weź szukaj czegoś normalnego, bo nie dostarczą do jutra!

Po kilku minutach intensywnych poszukiwań wirtualny koszyk został wypełniony różnymi częściami garderoby oraz dodatkowymi akcesoriami. Było w tym wszystkim coś naprawdę ekscytującego, choć co jakiś czas przelatywała mi przez głowę myśl, czy czasem nie łamię prawa. W końcu przyczyniałem się do tego, by utrudnić policji złapanie przestępcy.

– Gotowe! Część rzeczy powinna przyjść nawet dzisiaj wieczorem, a reszta jutro. Będziesz wyglądał jak gangster. Wziąłem ci jeszcze tatuaże, które ponoć wyglądają jak prawdziwe.

– Genialne. Przykleję na twarz i nie ma bata, żeby ktokolwiek mnie rozpoznał – odparłem entuzjastycznie, po chwili jednak dodałem znacznie mniej pewnym tonem: – Powiem ci, że czuję się z tym trochę dziwnie.

– Dlaczego? Choć w sumie cofam pytanie, jest dość głupie w tym przypadku.

– Właśnie. Chodzi o to, że chyba w zasadzie pomagam ci w popełnieniu przestępstwa. Nie patrz tak na mnie! Nawet jeśli to prawda, to zamierzam iść za ciosem. Przecież i tak po całej akcji powiem, że mnie do wszystkiego zmusiłeś. Zrobię te śliczne oczka Kota w Butach ze *Shreka* i *voilá*!

Mimowolnie zacząłem mrugać jak gejsza. Chyba nie wyszło to dość spektakularnie, bo mój towarzysz po raz kolejny zaniósł się śmiechem.

– Jeśli tak zrobisz, to będziemy razem siedzieć za kratkami. Tylko ja nie będę musiał przyjmować leków! – wydukał. – O ludzie, trzymajcie mnie. Coś ty ze mną zrobił, chłopie? Masz rację, dziwna sytuacja – dodał, gdy się uspokoił. Nastąpiła chwilowa cisza, a tuż po niej padły słowa: – Michael, mam na imię Michael.

Nie miałem wątpliwości, że nastąpiło jakieś dziwne połączenie pomiędzy mną a moim porywaczem. Pomimo skomplikowanej sytuacji darzyliśmy się zaufaniem. I można by rzec, że zostaliśmy bardzo dobrymi znajomymi... Cóż, byłem nawet skłonny stwierdzić, że to coś bliskiego przyjaźni.

Gdyby jakaś postronna osoba usłyszała historię tego, co się wydarzyło w ciągu ostatnich dni, złapałaby się za głowę. Faktycznie mogłaby doradzić, by wsadzić nas obu jeśli nie do więzienia, to przynajmniej do psychiatryka. Gdzieś z dala od cywilizacji.

Ja jednak sądziłem inaczej. Było w tym coś przełomowego. W końcu nie wyrabiałem sobie opinii na temat drugiego człowieka, słuchając zdania innych osób. Wyrobiłem ją sobie sam i czułem, że to było coś mojego, coś własnego.

Może jeśli przestalibyśmy słuchać innych, gdybyśmy tak łatwo nie osądzali, a w zamian starali się pomóc sobie nawzajem, świat byłby lepszy. Spadłaby przestępczość. Wzrosłaby szlachetność w ludziach i człowiek człowiekowi nie byłby wilkiem. Zdałem sobie sprawę, że w końcu wystarczająco sobie zaufałem, to zaś dało mi pewność, że wiem, co robię.

Jeszcze tego samego dnia pod naszymi drzwiami wylądowało parę paczek. Sugerowały, że ktokolwiek zamieszkuje tę posesję, ma ewidentnie problem z zakupami online. Michael był czujny i szybko przyniósł pakunki do domu, żeby nie zainteresowały jakiegoś zbłąkanego patrolu policji lub wścibskiego przechodnia.

Resztę dnia spędziliśmy na luzie, wspólnie, jakby skomplikowana sytuacja w ogóle nas nie dotyczyła. Gdy Michael wieczorem brał prysznic, natchnęło mnie do napisania wiersza. Urodził się nagle, jak gdyby ktoś wsadził go do mojej głowy. Pospiesznie notowałem na kartce:

Tak bardzo chciałbym odejść
Od ludzi
Zapomnieć to, co powiedzieli
Co sam znalazłem
Gdzieś na zewnątrz

A potem być może wrócić
Wrócić i odnaleźć w końcu siebie
Gdzieś wewnątrz.

Nie wiedziałem, dlaczego ten przełom nastąpił we mnie właśnie teraz, ale uświadomiłem sobie, iż moje własne życie jest mi obce. Wszystko, w co dotychczas wierzyłem, czego zdawałem się pewny, nie było moje. Tak jakby to były tylko sugestie, kierunkowskazy, a ja, zawierzając im, zgubiłem siebie samego. Okazało się, że ten cały Dominik wcale nie był taki nietypowy, jak się wydawało wszystkim, z nim samym włącznie. Po prostu umiał połączyć kilka stworzonych już kropek w niebanalną figurę.

Przez chwilę czułem się oszukany, potem jednak uprzytomniłem sobie, że przecież to też jest nowatorski sposób interpretacji siebie, tylko kształt się czasem powiela. Ale to, jak go wypełnisz – zależy od ciebie.

Po dobrym dniu nastąpił sympatyczny wieczór. Michael zaproponował, żebym tej nocy poszedł spać do łóżka, mieliśmy się tylko wymienić pościelą. Nie mogłem uwierzyć swojemu szczęściu. Wprawdzie przyzwyczaiłem się już do spania na kanapie, ale marzyłem o nieco szerszym legowisku.

– O miłościwy panie! Jakże mogę ci się odwdzięczyć? – zawołałem entuzjastycznie, choć mój towarzysz się skrzywił, wyczuwając w moim tonie drwinę. Zakryłem więc usta dłonią i dodałem: – Przepraszam i dziękuję, naprawdę. Będzie mi miło położyć się w normalnym łóżku.

– No, masz szczęście – mruknął. – Bo już miałem odwoływać propozycję.

Patrzyłem potem, jak Michael ściele kanapę, i ogarnął mnie dziwny smutek. Stałem w progu salonu, obejmując ramionami koc i poduszkę, bo nie wiedziałem, co ze sobą zrobić.

– Zabieraj swoje manatki i do wyra, bo zasypiam na siedząco! – ponaglił mnie współlokator, który najwyraźniej nie wybiegał myślą ponad to, co tu i teraz, a jedyne, czego obecnie pragnął, to się wyspać.

– Dobranoc, Michael – powiedziałem, zanim przekroczyłem próg sypialni. – Miło było cię poznać.

– Ciebie również – wymamrotał zaspanym głosem.

Wszedłem do sypialni i rzuciłem się na łóżko.

Jak cudownie – pomyślałem wbrew sobie, powoli odpływając w sen. Nie czułem się jednak dobrze, wręcz przeciwnie: wciąż towarzyszyły mi smutek i niepokój. Zaskoczyły mnie te emocje, ale uznałem je wtedy za objaw zmęczenia. Gdybym wiedział...

Ach, nie ma co roztrząsać. Prawdopodobnie był to przebłysk intuicji, nie wiem. Wiem tylko, że nastąpiła ostatnia noc w tym miejscu. A potem? Potem miałem się przez chwilę obwiniać, że zachciało mi się wolności.

*

Tego poranka obaj spaliśmy jak susły. Kto wie, czy nie wylegiwalibyśmy się do południa, gdyby do drzwi nie zapukał kurier z przesyłką dla niejakiego Johna McClane'a.

Oczywiście nikt z nas nie ruszył do drzwi, aby przywitać gościa. Ja byłem na to zbyt leniwy, a Michael zbyt mądry. Poczekał, aż przybyły zostawi wszystko na progu i opuści nasz podjazd. Potem wniósł paczki do domu.

John McClane? Coś mi dzwoniło. Byłem przekonany, że gdzieś już słyszałem to nazwisko. Mike zauważył mój wytężony proces myślowy i zarechotał.

– Z czego się tak cieszysz?

– „Jupikajej, skurwysynu!" – odpowiedział, wciąż się zaśmiewając.

– Co? O co ci chodzi? Nic nie rozumiem – burknąłem poirytowany.

– „Dziewięć milionów terrorystów na całym świecie, a ja musiałem zabić jednego, który ma stopy mniejsze od mojej siostry!"

– Nie mów, że ćpałeś! Serio? Przecież mieliśmy dzisiaj jechać na zakupy! Spójrz na mnie! To jakiś ciężki towar? Puści cię przed wieczorem? – pytałem zrozpaczony, przysuwając się bliżej. – Tego się po tobie nie spodziewałem!

Stałem już tak blisko, że kiedy Michael parsknął w kolejnym wybuchu śmiechu, obryzgał mnie śliną. Nie wiedziałem, co robić. Z jednej strony czułem się niezręcznie, z drugiej chciałem się obrócić na pięcie jak obrażona królewna i już nigdy z nim nie rozmawiać.

– Nie wytrzymam, to tak postanowiłeś mnie wykończyć? – Mój towarzysz starał się uspokoić, trzymając się za brzuch. – *Szklana pułapka*. Mówi ci to coś? A może Bruce Willis?

– No znam, ale... Aaa! – zrozumiałem nagle. – No tak, teraz rozumiem. John McClane.

Poczułem, że się czerwienię.

– „To jakiś ciężki towar? Puści cię przed wieczorem?" – parodiował mnie. – Nie mogę! Chyba muszę do łazienki, bo się zleję!

W końcu i ja zacząłem się śmiać. Napięcie ze mnie zeszło. Zgodnie poszliśmy do kuchni, by zrobić śniadanie. Ja otrzymałem trudne zadanie stworzenia czegoś z niczego, a Mike parzył kawę.

Podczas jedzenia patrzyłem za okno. Niebo było szare, pokryte chmurami. Deszcz wisiał w powietrzu. Wcale mnie to dziś nie martwiło. Ba! Nawet cieszyłem się z takiej pogody.

– Nadchodzi ulewa – zauważyłem wesoło. – Nie będziemy musieli czekać do wieczora z wyjazdem. Patrz! Już się robi ciemno. Deszcz odstraszy część ludzi od wychodzenia z domu. Idealnie, co?

– Mhm – przyznał Michael, podnosząc głowę znad talerza. – Masz rację. Wprawdzie chciałem wyjechać dopiero późnym wieczorem, ale skoro pogoda współpracuje...

– Super! Nie mogę się doczekać! Zaraz ci tu zrobię pokaz mody! Będziesz świadkiem genialnej metamorfozy!

Wcześniej ustaliliśmy, które elementy przebrania miały być moje, dlatego zamknąłem się w sypialni z wszystkimi paczkami i otwierałem je po kolei, by wybrać odpowiednie rzeczy. Lubiłem porządek, więc starannie rozłożyłem wszystko na łóżku, a resztę paczek zaniosłem z powrotem do salonu.

Z założenia miałem zupełnie nie przypominać siebie, więc nie zdziwił mnie wybór garderoby dokonany przez Michaela. Zamówił czarną oversizową bluzę z kapturem oraz ciemnogranatowe dresy z dwoma białymi paskami na bokach. Do kompletu dostałem szarą czapkę z daszkiem z napisem „NYC" oraz ciemne okulary. Ledwo przez nie widziałem, ale przynajmniej nie było widać oczu. Dodatkowo miałem do wyboru kilka tatuaży, które postanowiłem umieścić na twarzy, szyi i dłoniach. Gdyby nie moja kobieca natura, być może bym się przestraszył na własny widok, ale ja, patrząc na siebie w lustrze, czułem się przekomicznie.

Na lewym policzku, pod okiem, przylepiłem średniej wielkości krzyż. Na szyi zaś wylądowały rozłożone anielskie skrzydła. Kilka palców lewej ręki ozdobiły krople, a prawą dłoń – kwiat róży.

Zanim wyszedłem do salonu, by się zaprezentować, postanowiłem wczuć się w rolę gangstera i przeszukać wszystkie meble w sypialni. Szybko sobie przypomniałem, w jakich okolicznościach poznałem swojego obecnego współlokatora. Na dole w szafie spoczywał zamknięty skórzany plecak. Przeczuwałem, co tam znajdę. Rzeczywiście, po rozsunięciu zamka zobaczyłem ogromną ilość gotówki. Niewiele myśląc, wyjąłem kilka banknotów i stanąłem przed lustrem. O dziwo, nie była to najgłupsza decyzja, jaką podjąłem tego dnia. Zauważyłem, że przy bluzie – zarówno wewnątrz, jak i na zewnątrz – znajdowały się obszerne kieszenie, zamykane na suwak. Wrzuciłem tam kilka złączonych opaską plików banknotów, zapiąłem wszystkie suwaki i ponownie przystąpiłem do odgrywania roli, tym razem bogatego mafiosa.

Puk, puk.

– Ile tam będziesz siedział?! – odezwał się zniecierpliwiony głos zza ściany.

– Matko, nie strasz! – odkrzyknąłem. – Zaraz wychodzę!

– Już prawie ciemno, leje jak z cebra! Jak teraz wyruszymy, to jeszcze będzie czas na imprezę – rzekł, jednocześnie naciskając klamkę. Całe szczęście, że miałem obsesję na punkcie blokowania drzwi, więc i teraz były zamknięte na zasuwkę. - Co jest?! Otwieraj!

- Poczekaj! - wrzasnąłem, pospiesznie zapinając skórzany plecak, a potem bezgłośnie zamknąłem szafę.

Podszedłem do drzwi i odsunąłem zasuwę. Do pokoju od razu wpadł zdenerwowany Michael.

- Człowieku, trochę prywatności! Przestraszyłeś mnie! - powiedziałem, aby usprawiedliwić swoje podenerwowanie. - Tak już mam! Zamykam się, nawet kiedy jestem sam ze sobą w domu. Nie wiem, może to jakaś nerwica natręctw?

Widziałem, jak mój towarzysz skanuje wzrokiem pomieszczenie.

- Przepraszam - rzucił ugodowo. - W sumie trochę mnie poniosło.

- Rozumiem, nie ma sprawy. Popsułeś zabawę, ale ci wybaczam - oznajmiłem wspaniałomyślnie. - Jak wyglądam? Może być?

- Nie poznałbym cię. A ja?

Dopiero teraz zauważyłem, że również ma na sobie dresy. Trzymał w ręku kaszkietówkę i okulary przeciwsłoneczne. Nałożył je, żebym ocenił efekt.

- Nowy ty! - skomentowałem. - Czyli jesteśmy gotowi!

Zamykając drzwi, zdałem sobie sprawę, że zapomniałem opróżnić kieszenie. Z duszą na ramieniu wyszedłem za Michaelem przed dom, a potem wsiadłem do samochodu.

Moje przewidywania co do odstraszającej mocy deszczu okazały się prawdziwe i pod lokalnym minimarketem zastaliśmy wiele pustych miejsc parkingowych.

– Tylko nie przeginaj z ilością zakupów, żebyśmy nie musieli wyrzucić połowy – ostrzegł mnie Mike, zanim wysiedliśmy z auta.

– Tak jest, szefie. Rozumiem, że jest pan dzisiaj, jak by to powiedzieć, sponsorem tej akcji – rzekłem, układając rękę tak, jakbym trzymał mikrofon.

– Oczywiście, jest mi niezmiernie miło być częścią tego projektu – podjął zabawę.

– Nie masz w sumie wyboru, bo pozbawiłeś mnie karty płatniczej, wyrzucając mój telefon! O nie, mam nadzieję, że nikt jej nie znalazł, bo będziesz mi winny kasę! – zauważyłem i od razu się wzdrygnąłem na wspomnienie zawartości moich kieszeni.

– Chodź, tylko szybko. Bierz, co masz brać, i jedziemy z powrotem. Jasne?

– Luzik – odparłem.

Michael włożył do wózka trochę mięsa i syfiastych słodzonych napojów typu cola, a także różne alkohole. Zaplanował na dzisiaj wieczór imprezowy, cokolwiek miało to oznaczać. Przygadałem mu, że chyba chce mnie uzależnić od picia, na co on odparował, że nie ma problemu, dziś nie dostanę do ręki kieliszka.

Wybrałem warzywa na sałatkę, chipsy, wegetariańskie zamienniki mięsa, stuprocentowe soki i drobne przekąski. Dołożyliśmy do tego parę rzeczy, które wspólnie uznaliśmy za potrzebne, by spokojnie przeżyć kolejnych kilka dni bez potrzeby wychodzenia z domu.

Nie wzbudzaliśmy żadnych podejrzeń u mijających nas zakupowiczów. Zachowywaliśmy się jak zgrany zespół, nikt nie domyśliłby się, że znamy się od niedawna, a podstawy naszej znajomości wyznaczył napad na bank.

Kiedy uznaliśmy, że mamy już wszystko, czego nam trzeba, skierowaliśmy się w stronę kas.

– O nie! – odezwałem się nagle dramatycznym tonem.

– Co się stało? – zapytał Mike. Chociaż nie widziałem jego oczu, byłem przekonany, że powiększyły się na skutek przerażenia. Znów skarciłem sam siebie za wyolbrzymione reakcje.

– Spokojnie, nic się nie dzieje. To znaczy jeszcze nic się nie dzieje – zniżyłem głos do szeptu. – Kupujesz alkohol, a co, jeśli zapytają mnie o dowód? Nie mam przy sobie żadnych dokumentów. Ekspedientka może też poprosić mnie o zdjęcie okularów, by przynajmniej na oko oszacować mój wiek. Najlepiej by było, gdybym zostawił ci zakupy i wyszedł. Chyba że się boisz, że ucieknę. To wtedy pozbądź się alkoholu.

– Masz rację – stwierdził. Przez chwilę zastanawiał się, którą opcję wybrać, a potem wręczył mi kluczyki. – Idź do samochodu.

– Okej, otworzę ci bagażnik – rzuciłem i pospiesznie opuściłem minimarket.

Po raz kolejny los dawał mi szansę ucieczki i powrotu do domu, a ja kolejny raz postanowiłem z niej nie skorzystać.

Zawsze było u mnie krucho z orientacją w terenie, a nawet odnajdywaniem właściwego auta, więc musiałem się chwilę naszukać. No ale cóż, chciałem spaceru, więc go dostałem. Otoczenie nie było zbyt urokliwe, ale mnie wystarczało w zupełności.

W końcu odnalazłem samochód Michaela i już miałem zasiąść na miejscu pasażera, kiedy usłyszałem, że ktoś mnie woła.

– Hej, młody!

Zamarłem, w pierwszej chwili postanowiłem nie reagować.

– Ej, ty! Do ciebie mówię! – Gość się nie poddawał.

Niepewnie odwróciłem głowę. Ujrzałem starszego mężczyznę w modnym sportowym zestawie. Koszulka z krótkimi rękawami i szorty odsłaniały umięśnione ciało. Zapewne niejeden młodzik mógłby pozazdrościć mu kondycji.

– Tak? – odezwałem się niechętnie.

– Niezła stylówa!

Podziękowałem niepewnie, po czym od razu schowałem się w samochodzie.

– Ożeż... Ja cię w mordę! – mamrotałem oszołomiony, trzymając się za głowę.

Dyszałem chrapliwie. Nie upłynęły dwie minuty, kiedy usłyszałem pukanie w okno. Podskoczyłem. Na szczęście po drugiej stronie szyby znajdowała się twarz Michaela.

– Posrało was wszystkich? – wybuchnąłem. – Nudzi się wam, kurwa? Chcecie mnie wykończyć na zawał czy co?!

– Uspokój się! – wykrztusił zdezorientowany Mike, rozglądając się nerwowo. – Miałeś otworzyć bagażnik! – syknął, po czym zajął się ładowaniem zakupów.

Kiedy wrócił, przeprosiłem za swoje zachowanie i opowiedziałem o tym, co się wydarzyło nieco wcześniej.

– Okej, teraz to ma sens – rzekł i odpalił silnik. – Będziemy jeszcze musieli zajechać na stację benzynową.

– W sumie dobrze, bo zapomniałem o mleku do kawy...

Dla bezpieczeństwa wybraliśmy stację położoną jak najdalej od naszego domku, przez co musieliśmy trochę zboczyć z drogi. Plan był prosty – Mike miał zatankować do pełna, a moim zadaniem było dobranie kilku produktów w sklepie i zapłacenie za wszystko, łącznie z paliwem.

Na półkach panował chaos, nie wspominając o bardzo skromnym wyborze. Nie mogłem nigdzie znaleźć mleka roślinnego, więc postanowiłem kupić to, które było dostępne. Zerknąłem w stronę Michaela – wciąż nalewał paliwo. Musiałem poczekać, zanim pójdę do kasy i podam sprzedawcy numer dystrybutora, z którego korzystał mój współlokator.

Już miałem wrócić do lodówek, by jeszcze raz przeszukać półki, kiedy kątem oka zobaczyłem zawieszony na ścianie odbiornik telewizyjny, nastawiony na kanał informacyjny.

Akurat wspominali o porwanym kilka dni temu w trakcie napadu na bank młodym mężczyźnie, którego losy nadal pozostawały nieznane. Na ekranie pojawiło się nagranie z kamer, przedstawiające moment porwania. Potem pokazano moją twarz i zamaskowaną postać Michaela. W następnym ujęciu prezenter wezwał widzów, aby ci niezwłocznie poinformowali policję w przypadku posiadania jakichkolwiek informacji na temat miejsca pobytu porywacza lub jego ofiary. Cały ekran wypełniły numery alarmowe.

Miałem wrażenie, że mój mózg zaraz rozsadzi bejsbolówkę, którą naciągnąłem głęboko na czoło. Oblał mnie zimny pot. Automatycznie ruszyłem do kasy.

– Tylko mleko czy coś jeszcze? – dopytywał uprzejmie pracownik stacji.

– To wszystko – szepnąłem, zaraz jednak machnąłem ręką i uśmiechnąłem się przepraszająco. – A nie, to nie wszystko. Jeszcze paliwo.

– Jaki numer? – zapytał, mierząc mnie uważnym spojrzeniem. W sumie mu się nie dziwiłem, pot ciekł ze mnie strużkami.

– Numer telefonu? – spytałem spanikowany, ale po jego zdziwionej minie domyśliłem się, że palnąłem kolejną głupotę. – Znaczy się... przepraszam. Dystrybutor numer dwa – powiedziałem i rzuciłem kilka banknotów na ladę, po czym od razu ruszyłem ku wyjściu.

– A reszta? – Zdążyłem jeszcze usłyszeć, zanim zamknęły się za mną drzwi.

– Jedź – rzuciłem nagląco do Michaela. Czapka uwierała mnie coraz bardziej, więc zdjąłem ją wraz z okularami, aby przetrzeć mokrą twarz.

– Zwariowałeś?! – syknął mój towarzysz. – Natychmiast zakładaj to z powrotem. Tu na pewno są kamery!

– Nie krzycz na mnie! – odparłem drżącym głosem. – Musiałem się wytrzeć. Sam powinieneś tam pójść, a wysłałeś mnie!

Odjechaliśmy z piskiem opon, nie odzywając się do siebie. Jedyna myśl, którą miałem wtedy w głowie, to spostrzeżenie, że wspólny wyjazd na zakupy był bardzo głupim pomysłem.

Wydawało się jednak, że nam się upiekło. Z każdym kolejnym kilometrem oddychałem z większą ulgą. W końcu nawet zacząłem myśleć o tym, co zjemy na obiad.

Ani ja, ani Michael nie wiedzieliśmy jeszcze, że zaintrygowany moim dziwnym zachowaniem kasjer obserwował mnie, dopóki nasz samochód nie zniknął mu z oczu. Pomimo kolejki przy kasach skonsultował swoje spostrzeżenia z koleżanką, która właśnie wyszła z zaplecza, i oboje zdecydowali, że trzeba powiadomić policję.

PRZECHWYCENIE

W DOMU POWRÓCIŁA DOBRA atmosfera. Zaczęliśmy się cieszyć na wspólne popołudnie. Michael postanowił wziąć przedtem prysznic i przebrać się w swoje normalne rzeczy. Mnie się z tym nie spieszyło. Przychylałem się do opinii „z gównem się nie biłem, myć się nie muszę". Usunąłem tylko tatuaż z twarzy. Pozostałych elementów charakteryzacji chciałem się pozbyć dopiero wieczorem – ostatecznie nie miałem zamiaru opuszczać domku.

Zająłem się przygotowywaniem przystawek i drinków.

– Co tak skromnie? – Usłyszałem po kilku minutach.

– A co? Spodziewasz się gości? Czy chciałbyś mieć więcej rzeczy do zmywania? – spytałem zaczepnie.

– Kurczę, chyba nie lubię przyznawać ci racji.

– Proszę – powiedziałem, wręczając Michaelowi szklankę z tajemniczym drinkiem. – Rosyjska ruletka, co nie? – Uśmiechnąłem się przebiegle niczym Joker.

– Do dna! – zdecydował odważnie Mike.

Jego reakcja była bezcenna. Wykrzywił się, jakby wypił kubek soku z cytryny, i z hukiem odstawił szklankę na blat, wywalając przy tym język w wyrazie obrzydzenia.

– Zapomniałem cię przestrzec, że to dość mocna dawka. Tak po polsku – wyjaśniłem i również wychyliłem drinka. – O matko, chyba faktycznie przegiąłem! – skomentowałem po chwili i obaj zaczęliśmy się śmiać.

Nie zostałem dopuszczony ponownie do funkcji barmana, mimo że obiecałem przyhamować z promilami.

Pierwszy drink ostro zamieszał mi w głowie, zatem drugi planowałem sączyć jak dama, choć nigdy wcześniej mi się to nie udało. Wkrótce doświadczyliśmy z Michaelem czegoś w rodzaju gastrofazy, więc przekąski zniknęły z talerzy błyskawicznie.

Gry planszowe znudziły nas po dwóch turach. Pozostała więc rozmowa, kolorowe napoje wyskokowe i hity lat dziewięćdziesiątych w tle. Alkohol sprawił, że staliśmy się bardziej wylewni. Choć moje własne dzieciństwo nie było łatwe, zasmuciłem się, słuchając historii swojego towarzysza. Mike był jeszcze dzieckiem, gdy jego ojciec poważnie zachorował. Matka pracowała za dwoje, ale jej pensja nie wystarczała na wszystkie potrzeby rodziny. Mimo że w domu Michaela panowała miłość i zrozumienie, kilkunastoletni chłopak stwarzał rodzicom niemałe problemy. Bił się w szkole oraz poza nią. Dopuszczał się drobnych kradzieży i innych wybryków, które opisane zostały w wielu książkach na temat zbuntowanych nastolatków. Chłopak nie mógł znieść wiecznego braku pieniędzy w domu i – ku zgrozie religijnej matki – kwestionował istnienie Bożego miłosierdzia.

Charlotte, mama Michaela, pomimo swojej głębokiej wiary nie zmuszała syna do uczestnictwa w nabożeństwach. Jednak na każdym kroku przypominała mu o tym, że Jezus patrzy na wszystkie niecne uczynki, i kiedy przyjdzie czas, nie wpuści go za bramy niebios.

Wszystko się zmieniło, gdy mąż Charlotte zmarł, a ona sama wpadła w depresję. Dziewiętnastoletni wtedy Michael postanowił porzucić dotychczasowe życie i odkupić swoje grzechy. Przejął obowiązki głowy rodziny i zadbał o zdrowie mamy. Przez wiele lat dobrze im było razem, we dwoje. Charlotte wprawdzie co jakiś czas wspominała o tym, że chciałaby, aby jej syn założył rodzinę, marzyła też o wnukach, ale Michael nie miał szczęścia na miłosnym froncie. Nie zmieniało to faktu, że oboje byli zadowoleni z życia, które zdawało się toczyć stabilnym, przewidywalnym torem. Aż do czasu, kiedy matka otrzymała szokującą diagnozę, a zastosowana przez lekarza terapia nie przyniosła pozytywnych rezultatów. I tak, po wielu praworządnych latach, Mike ponownie wkroczył na ścieżkę przestępczości.

Cała ta opowieść utwierdziła mnie w przekonaniu, że choć mój porywacz popełnił w życiu wiele błędów, w głębi duszy był dobrym człowiekiem. Bałem się o jego przyszłość. Wiedziałem, że jeśli zostanie złapany, system ukarze go surowo za jego ostatni występek. Żeby na chwilę odwrócić uwagę od problemów Michaela, opowiedziałem mu swoją historię. Opisałem dzieciństwo, problemy wieku dojrzewania, wspomniałem o trudnym wkraczaniu w dorosłość, o nieudanych związkach i złych decyzjach.

Kiedy skończyłem, między nami zapadła długa cisza. Przerwał ją mój towarzysz.

– Mam wrażenie, że pomimo różnic jesteśmy dość podobni, Dominiku – rzekł, a mnie przeszył dreszcz, bo po raz pierwszy wypowiedział moje imię. – Tylko ty podjąłeś w życiu mądrzejsze decyzje.

– Coś w tym jest. A przynajmniej tak było do tej pory – skwitowałem, uśmiechając się niepewnie.

Czułem, że muszę jakoś rozładować zaistniałe między nami napięcie. Przeprosiłem, mówiąc, że muszę pójść do toalety.

W głowie mi się kręciło, więc usiadłem na sedesie, a potem nie miałem siły wstać. Wskutek działania ironii losu znów byłem jak dziecko, które chce tupać i krzyczeć na cały świat, że wszystko poszło nie po jego myśli. Miałem świadomość, że coś w tym życiowym mechanizmie nie styka. Czułem, że wszyscy powinni usiąść i się zastanowić, jak to naprawić.

Na drżących nogach podniosłem się z sedesu. Myjąc ręce, przypatrzyłem się swojej twarzy w lustrze. Była zaczerwieniona, oczy zmętniały. Postanowiłem, że tego wieczoru nie będę już pił alkoholu.

– Przeszłości nie zmienisz, koniec tych smętów. Wrócisz do salonu i zaczniecie jakiś weselszy temat, rozumiesz? – szepnąłem do swojego odbicia.

Ochlapałem twarz zimną wodą, a potem westchnąłem głęboko i już miałem nacisnąć klamkę, kiedy po drugiej stronie usłyszałem podniesione głosy. Z panującego za drzwiami hałasu nie potrafiłem jednak wyodrębnić żadnego sensownego słowa.

Zamarłem, a wszystkie wnętrzności podeszły mi do gardła. Byłem przekonany, że zostaliśmy napadnięci i nie miałem pojęcia, co z tym zrobić. Nie dysponowałem telefonem, a zresztą i tak nie mógłbym powiadomić policji, żeby nie zaszkodzić Michaelowi. Moje rozterki nie trwały długo, bo ktoś szarpnął za klamkę po drugiej stronie i drzwi otworzyły się z impetem.

– Na ziemię! – Usłyszałem.

– To ten chłopak – odezwał się inny głos.

– Wszystko w porządku?! – dołączył kolejny.

W mojej głowie się kotłowało, zrobiło mi się niedobrze. Powoli dochodziło do mnie, co się dzieje, i automatycznie zacząłem szukać wzrokiem współlokatora.

Leżał na podłodze, przyciśnięty do niej kolanem przez rosłego funkcjonariusza. Inny policjant mierzył do niego profilaktycznie z pistoletu. Twarz Michaela zwrócona była w moją stronę. Widok strachu w jego oczach był jak uderzenie pięścią w brzuch. Zacząłem wymiotować.

– Hej, spokojnie, już po wszystkim... Pokaż no się. – Ktoś uniósł moją twarz, a po chwili zawyrokował: – Jest pod wpływem! Zabierzcie go.

Kolejne ręce chwyciły mnie pod pachy i zaczęły ciągnąć w kierunku wyjścia.

– Ty śmieciu! Bałeś się, że młody ucieknie, i postanowiłeś go odurzać? Co mu jeszcze podałeś? – Usłyszałem pełny odrazy niski, męski głos. Odwróciłem się gwałtownie i zobaczyłem, jak obezwładniony Michael zwija się z bólu po potężnym kopniaku w brzuch.

– Nie! Stop! – krzyczałem, ale nikt mnie nie słuchał.

Choć próbowałem się wyrwać, nie miałem żadnych szans. W końcu znalazłem się na zewnątrz i zachłysnąłem świeżym powietrzem.

Parę minut później byłem w drodze do szpitala. Stale powracał do mnie obraz bezbronnego, sponiewieranego Mike'a.

– Wszystko będzie dobrze, już nie musisz się bać – zapewniał mnie łagodnie czyjś głos. – Zaraz zawieziemy cię w bezpieczne miejsce.

– Przecież było... – powiedziałem po polsku i zwinąwszy się w kulkę, zacząłem płakać.

– Nie mówi po angielsku? Biedactwo... Co ten bydlak z nim zrobił... – Kobieta za kierownicą kręciła głową w wyrazie oburzenia.

Nie miałem siły, by to skomentować.

Na szczęście podróż nie trwała długo. Gdyby było inaczej, znów bym zwymiotował.

Gmach szpitala wypełniali nieukrywający swojego zainteresowania sytuacją ludzie w różnym wieku. Jakieś dziecko pokazywało palcem w naszą stronę, ale jego matka szybko zainterweniowała i powiedziała malcowi, że tak się nie robi.

Towarzyszący sanitariuszom policjanci przedstawili sytuację dyżurnej pielęgniarce. Pomimo kolejki od razu zostaliśmy zaprowadzeni do gabinetu zabiegowego, gdzie poproszono mnie o położenie się na kozetce. Wkrótce przyszedł lekarz.

– Zdaje się, że nie mówi po angielsku... – zaczęła policjantka.

– Mówię – przerwałem jej. – Jestem pod wpływem alkoholu, poza tym nic mi nie jest.

– A skąd ten siniak? – spytała.

– To był on! – Zerwałem się z miejsca i wskazałem na funkcjonariusza, który wywlókł mnie z chaty.

– Proszę się uspokoić!

– Jest w szoku – odpowiedziała funkcjonariuszka z zakłopotaniem. Uśmiechnęła się sztucznie i zaprowadziła mnie z powrotem na leżankę. – Uspokój się, proszę. Nie chcemy używać wobec ciebie siły.

Cierpliwie poddałem się oględzinom lekarskim.

– Pomijając ten krwiak tutaj, wszystko wydaje się w porządku – powiedział młody doktor, zwracając się do policjantki. – Pobierzemy próbki moczu i krwi, a potem podamy coś na uspokojenie i możecie go zawieźć do domu. Wątpię jednak, czy w tym stanie będziecie mogli go przesłuchać. Zalecam pilną konsultację z psychologiem.

Policjantka spojrzała na mnie z wyrazem troski na twarzy.

– Czy w domu jest ktoś, kto mógłby dziś mieć na ciebie oko? – spytała.

– Mieszkam ze współlokatorką.

Po dwóch godzinach podjechaliśmy radiowozem pod mój blok. Liczyłem na to, że Rose ma wolny dzień, ale się przeliczyłem. Rose nie było w domu, a jej komórka nie odpowiadała. Nie mogłem nawet wejść do mieszkania, bo klucze zostały w chacie wraz z resztą moich rzeczy.

- Która godzina? - zapytałem stojącego koło mnie policjanta.

- Dwadzieścia dwie minuty po ósmej - odparł naburmuszony gliniarz.

Też mi się nie chce tu z tobą przebywać - zrewanżowałem się w myślach.

- Ktoś bliski, rodzina, przyjaciele? - wypytywała cierpliwie policjantka.

Było kilka takich osób, ale przecież nie chciałem im się o tej porze zwalić na głowę.

- Niedaleko stąd mieszka moja dobra znajoma - powiedziałem, myśląc o Laurze, choć już w następnej chwili poczułem wyrzuty sumienia, że sprowadzam jej na kark policję. Nikt nie jest zadowolony, widząc radiowóz pod domem.

Na parterze świeciło się światło, co świadczyło o tym, że ktoś jest w domu, ale musieliśmy pukać kilka razy, zanim w drzwiach pojawiła się lekko zaspana blondynka. Domyśliłem się, że przysnęła, oglądając film na Netfliksie, jak to miała w zwyczaju. Musiała też zamknąć psa, inaczej ujadałby teraz w uchylonych drzwiach.

Kiedy Laura mnie zobaczyła, od razu oprzytomniała. Wytrzeszczyła oczy i przytknęła dłoń do ust. Widok towarzyszących mi policjantów sprawił, że nie wiedziała, jak się zachować. Normalnie pewnie już by mnie przytulała.

– Matko, Dominik! – zawołała.

– Czy jest szansa, aby ten pan został tu dziś na noc? – spytała policjantka po krótkim wprowadzeniu.

– Naturalnie! – zareagowała błyskawicznie Laura i już się nie wahała. Przytuliła mnie mocno do siebie. – Boże, tak się cieszę, że cię widzę! Od kilku dni wszyscy trąbią o porwaniu... Gdzie ty się podziewałeś?

Policjanci w końcu zdecydowali się odjechać, pozostawiając mnie w troskliwych rękach mojej znajomej. Uprzedzili, że następnego dnia przyjadą, by zabrać mnie na komisariat, gdzie miałem złożyć wyjaśnienia.

W odpowiedzi trzasnąłem im drzwiami przed nosem. Czułem się potwornie zmęczony i nie stać mnie było na żadne uprzejmości.

Laura błyskawicznie przygotowała mi posłanie. Dopytywała, czy mi czegoś nie trzeba, czy chciałbym coś zjeść, ale na wszystkie jej propozycje reagowałem przeczącym ruchem głowy.

– Nie, chciałbym po prostu pójść spać. Wyjaśnię ci wszystko jutro, dzisiaj nie mam na to siły. Może tak być?

– Oczywiście, że tak – zapewniła mnie z uczuciem.

Jej pies przyszedł się ze mną przywitać, ale i on chyba wyczuł, że nie mam ochoty na jakiekolwiek interakcje. Pokazał, że się cieszy na mój widok, i uciekł na górę. Zanim Laura poszła jego śladem, poprosiłem, by użyczyła mi swojego telefonu.

Musiałem napisać wiadomość do Rose. Wiedziałem, że następnego dnia spędzę na komisariacie wiele godzin. Chciałem sobie jakoś dodać otuchy, choćby znajomym strojem. Był tylko jeden problem: nie miałem klucza. Poprosiłem Rose, aby po powrocie z pracy nie zamykała drzwi; dzięki temu nie będę musiał jej budzić. W kilku słowach wyjaśniłem, że jestem cały i zdrowy, ale przez to całe zamieszanie nie mogę się dostać do domu. Dodałem również, że właśnie uciekam do łóżka, aby wiedziała, że nie będzie ze mną kontaktu. W przeciwnym razie mogłaby chcieć zadzwonić do mnie podczas przerwy w pracy.

Kiedy zostałem sam na sam ze sobą, przytuliłem się do poduszki i próbowałem zasnąć. Jednak gdy tylko na chwilę zamykałem oczy, dopadały mnie demony jakże bliskiej przeszłości. Patrzyły na mnie oczy przestraszonego człowieka. Zaufał mi, uległ mojej prośbie i słono za to zapłaci.

Rzucałem się na swoim posłaniu jeszcze jakiś czas, ale w końcu udało mi się zasnąć. Nie pamiętam, czy coś mi się śniło.

Obudziłem się wcześnie. Chciałem iść do swojego mieszkania jak najszybciej. Czułem się bardzo nie na miejscu. Laurze musiało wystarczyć kilka suchych informacji. Nie byłem jeszcze w stanie rozmawiać o tym, co mi się przydarzyło. Wypiliśmy razem kawę, podziękowałem serdecznie za przygarnięcie mnie na noc i wyszedłem z jej gościnnego domu.

Niestety, okazało się, że nawet w swoim pokoju nie poczułem się jak u siebie.

Dręczyły mnie wyrzuty sumienia, bo przecież to z powodu mojej zachcianki Michael wpadł w ręce policji. W mieszkaniu było bardzo ciepło, więc zdjąłem bluzę i rzuciłem ją w kąt. Wiedziałem, że chociaż w ogóle nie pasowała do mojego stylu, nigdy jej nie wyrzucę. Była dla mnie jak pamiątka.

Powinienem zrobić jakieś zakupy, nastawić pranie, ale nie miałem do niczego głowy. Laura pożyczyła mi swój stary telefon komórkowy. Zadzwoniłem pod numer pozostawiony przez policjantów. Powiedziałem, że przyjadę do komisariatu na dziesiątą, chciałem mieć to jak najprędzej z głowy. Od razu zamówiłem też taksówkę. By się nieco rozluźnić, wziąłem długą kąpiel. W międzyczasie Rose pojechała do centrum i dorobiła mi klucz; była naprawdę kochana. Zaproponowała, że zawiezie mnie na policję, ale nie śmiałbym się zgodzić – widziałem, jak była zmęczona po nocnej zmianie.

Gdy wyszedłem przed blok, odkryłem, że zaczęli się zjeżdżać lokalni reporterzy. Udało mi się uniknąć rozmowy, zasłaniając się znanym z filmów zwrotem: *no comment*. Wprawdzie zawsze marzyłem o tym, żeby trochę pogwiazdorzyć, ale akurat nie to miałem na myśli. Pieprzony Internet i social media, sami siebie pozbawiliśmy prywatności.

Przed komisariatem czekało więcej reporterów. Obstąpili moją taksówkę tak, że ledwie udało mi się wysiąść. Całe szczęście w pewnej chwili podeszło dwoje policjantów, którzy pomogli mi przedostać się przez zwarty tłum ludzi z mikrofonami. Reporterzy przekrzykiwali się nawzajem, błyskały flesze.

Wprowadzono mnie do pokoju, w którym już siedziała jakaś kobieta. Z wyglądu grubo po trzydziestce, mocno wymalowana, sprawiała jednak sympatyczne wrażenie.

– Proszę nas zostawić – powiedziała towarzyszącym mi policjantom, a potem zwróciła się do mnie: – Cześć, Dominiku. Mam na imię Daria. Jestem psychologiem. Poproszono mnie o...

– Wiem o co – przerwałem jej, nie siląc się na uprzejmość.

– W takim razie pozwól, że porozmawiamy na temat ostatnich wydarzeń – powiedziała spokojnie, niezrażona moim tonem.

– O, to będzie pierwszy raz – mruknąłem ironicznie. – Do tej pory to mnie przedstawiano wersję zdarzeń. Nikt nie zaczekał na to, co powiem.

Założyła nogę na nogę.

– Rozumiem. W takim razie opowiedz mi, proszę, co się wydarzyło.

– A czy w jakiś sposób poprawi to sytuację Mike'a?

– Mike'a? – spytała, lekko zmieszana, i zerknęła w swój notes. – Mówisz o człowieku, który cię przetrzymywał?

Westchnąłem, wiedząc, jak ważne czeka mnie zadanie. Musiałem powiedzieć tej kobiecie o wszystkim, nie mogłem pominąć najmniejszego szczegółu. Po zrelacjonowaniu, co działo się w ciągu tych dziewięciu dni od porwania, dodałem, że miałem kilka szans na ucieczkę. Opowiedziałem o wspólnym przygotowywaniu posiłków, grach planszowych i życiowych rozmowach.

Psycholog słuchała wszystkiego z uwagą. Co jakiś czas zapisywała coś w notesie. Miałem wrażenie, że w końcu siedział przede mną ktoś, kto usłyszy, co chcę przekazać, kto zrozumie każdy aspekt tej historii i stanie po mojej stronie w walce o sprawiedliwość dla Michaela.

– Kiedy wyszedłem z łazienki, zobaczyłem go na podłodze... A przecież mogłem sobie odpuścić te zakupy... Nie chciałem, żeby tak się stało! Wiem, że nie powinien tego wszystkiego robić, ale to dobry człowiek... Szlag, to wszystko moja wina...! – dokończyłem rozpaczliwie, nieświadomie wbijając gwóźdź do swojej trumny.

Przez chwilę psycholog wyczekiwała, czy powiem coś jeszcze, a kiedy zdała sobie sprawę, że już wyczerpałem temat, odezwała się wyćwiczonym, łagodnym tonem:

– Dziękuję, Dominiku. Jest mi niezmiernie miło, że podzieliłeś się tym ze mną. Zostań tu na chwilę. Zaraz wrócę, dobrze? – Uśmiechnęła się przyjaźnie i otworzyła drzwi.

Na korytarzu czekało na nią kilka osób. Na jej widok poderwali się i zaczęli wypytywać. Zawsze miałem dobry słuch, a w ostatnich dniach moje zmysły wyczuliły się jeszcze bardziej. Na dodatek drzwi do pokoju, w którym rozmawiałem z psycholog, zamykały się bardzo wolno, więc zdążyłem wychwycić kawałek rozmowy.

– I co?

– Nie ma sensu go teraz przesłuchiwać...

– Jak to?

– ...syndrom sztokholmski...

Zacisnąłem gniewnie szczęki. Zalała mnie fala nienawiści do tej kobiety. Zaufałem jej. Wierzyłem, że zrozumie, co naprawdę się stało!

Wcześniej umówiliśmy się z Laurą, że przyjdę do niej po wizycie na komisariacie. Wszedłem do jej domu pełny żalu i goryczy. Czułem się oszukany jak nigdy dotąd. Nie rozumiałem, dlaczego psycholog doszła do tak absurdalnego wniosku. Biorąc pod uwagę to, co przeszedłem, zalecono sesje terapeutyczne. W innym przypadku sąd nie uznałby mnie za wiarygodnego świadka. Najwyraźniej – choć zupełnie nie miałem tego w planie – przedstawiłem się w swojej opowieści jako ofiara. Tak bardzo skupiłem się na tym, aby mówić samą prawdę, że zboczenie na niewłaściwą ścieżkę umknęło mojej uwadze.

Po raz drugi tego dnia opowiedziałem bez ukrywania żadnych szczegółów historię porwania. Laura była świadoma emocji, które mną targały. Pozwoliła mi wyrzucić z siebie to, co miałem na sercu. Pocieszała mnie słowami: „Wszystko się ułoży, zobaczysz, wszystko się ułoży...".

Nalegała, żebym został u niej przez kilka dni. Chciała, bym w przyjaznym środowisku stanął na nogi po tym, co mnie spotkało. Zgodziłem się, ponieważ poznała całą historię i to dawało mi pewien komfort. Laura była dyskretna, dobrze zorganizowana i bardzo serdeczna.

Powiadomiliśmy o wszystkim Ewelinę. Od chwili porwania dręczyła mnie myśl, że rodzina i przyjaciele w Polsce się o mnie zamartwiają. Wierzyłem, że siostra ich uspokoi.

Laura stanowiła bufor między mną a licznymi ludźmi, którzy chcieli się ze mną skontaktować. Nadal nie miałem swojego telefonu i brakowało mi sił, żeby cokolwiek załatwiać. Chodziłem tylko regularnie na spotkania z terapeutką.

Apetyt dziennikarzy na sensacyjną historię nie malał. Zaczęli wystawać pod domem Laury, a ci śmielsi próbowali dostać się do ogrodu. Pomimo niezwykłej cierpliwości i oddania mojej znajomej postanowiłem uwolnić ją od kłopotu i wrócić do siebie. Ani ona, ani jej rodzina nie zasługiwali na to, żeby uprzykrzać im życie. Laura protestowała zaciekle, ale postawiłem na swoim.

Znów zamieszkałem u siebie. Zamykałem się w swoim pokoju i spędzałem większość dnia w łóżku. Wkrótce poczułem się więźniem tego miejsca i sytuacji, w której się znalazłem. Zacząłem tęsknić za swoim poprzednim, nudnym życiem.

W końcu przyszedł czas rozprawy sądowej Michaela i dzień, w którym miałem występować jako świadek. Do sądu zawieźli mnie policjanci. Tak było praktyczniej ze względu na ciągnący się za mną korowód dziennikarzy. W radiowozie siedziałem skulony jak dzieciak, który nabroił podczas zabawy na podwórku i właśnie dostaje opieprz od rodziców. Pragnąłem stać się niewidzialny.

Siedząca obok mnie policjantka musiała zdawać sobie sprawę z mojego stanu, bo gdy dojeżdżaliśmy pod budynek sądu, wspierającym gestem ścisnęła moje ramię.

– Staraj się ignorować dziennikarzy i gapiów. Nie musisz im odpowiadać – powiedziała. – Jeśli chcesz, mam tu żakiet, którym możesz się zasłonić przed kamerami.

– Z chęcią skorzystam – odparłem z wdzięcznością.

Na szczęście udało się zaparkować tuż przy wejściu, bardzo też pomogli ochroniarze sądowi, którzy skutecznie odseparowali mnie od stada sępów. Rozprawa była zamknięta dla publiczności, nikt postronny nie został wpuszczony do budynku.

Ze ściśniętym z nerwów żołądkiem oczekiwałem na wezwanie na korytarzu. Ręce mi się pociły, co rusz atakowały mnie fale mdłości. Dobrze, że postanowiłem nie jeść śniadania, bo z pewnością oddałbym je podwójnie. Wtem usłyszałem donośny głos:

– Na salę proszony jest Dominik J.

– Idź prosto do mównicy obok sędziego – poinstruował mnie mężczyzna, który wyszedł na korytarz. Poprowadził mnie kilka metrów wzdłuż ławek, a potem klepnął przyjaźnie w ramię i ruszył z powrotem w stronę drzwi.

Chyba nigdy wcześniej nie byłem tak zestresowany, choć przecież przeżyłem wiele sytuacji, które wytrąciły mnie z równowagi. Nawet podczas napadu starałem się oddychać miarowo i sam siebie uspokajałem w myślach, powtarzając, że wszystko będzie dobrze. Tym razem jednak straciłem łączność ze swoim wewnętrznym ja.

Kiedy zbliżałem się do mównicy, moje nogi były jak z waty. Jakimś cudem widziałem tylko to, co znajdowało się bezpośrednio przede mną. Reszta obrazu była zamazana. Nie bałem się pytań ani swoich odpowiedzi.

Poczucie winy przejęło nade mną władzę. Uważałem, że nie jestem godzien, by spojrzeć w oczy oskarżonemu.

– Zadałem panu pytanie, proszę odpowiedzieć – ponaglił mnie sędzia.

– Słucham? – Z trudem oderwałem wzrok od drewnianego blatu.

– Czy dobrze się pan czuje? – spytał oficjalnym, ale życzliwym tonem.

Kiedy potwierdziłem, kazał mi się przedstawić. Na resztę pytań odpowiedziałem już bez zająknięcia. Kiedy jednak zostałem zapytany o stosunek do osoby oskarżonej, zamilkłem. Po raz pierwszy spojrzałem na Michaela. Wydawał się zafrasowany. Wiedziałem, że nie martwił się o siebie. Miałem taki sam wyraz twarzy za każdym razem, gdy patrzyłem w lustro.

Wydawało mi się, że Mike telepatycznie przekazuje mi, co mam robić. *Odpuść, to nie twoja bajka.*

– Jesteśmy znajomymi – odpowiedziałem.

W sali zawrzało, większość ludzi patrzyła na mnie ze zdziwieniem.

W pewnym momencie stanął przede mną prokurator – wysoki mężczyzna po czterdziestce w todze i tradycyjnej peruce, która miała podkreślać powagę piastowanej funkcji – i zaczął mnie wypytywać o przebieg napadu w banku. Nie zamierzałem kłamać w tej sprawie, zresztą było wielu innych świadków tego zdarzenia i sąd z pewnością miał już pełny obraz sytuacji.

Wiedziałem, że na tym etapie moje zeznania nie mogą w żaden sposób pomóc Michaelowi. Nie spodziewałem się jednak, że później może być gorzej.

– A więc oskarżony kazał panu wziąć tabletkę niewiadomego pochodzenia, a pan to bez sprzeciwów uczynił. Czy tak?

– Najpierw zapytałem, co to jest. Kiedy uzyskałem odpowiedź, że to tabletka na sen, wziąłem ją – odpowiedziałem.

Wydawało mi się, że prokurator uśmiechnął się drwiąco, zanim się znów odezwał.

– Mam rozumieć, że uwierzył pan przestępcy? Człowiekowi, który najpierw obrabował bank, a potem pana porwał? – mówił z wyraźną ironią w głosie.

– Tak – potwierdziłem stanowczo. – Panu pewnie bym nie uwierzył, ale jemu tak – wypaliłem bez zastanowienia. Zadziwiłem tym nie tylko samego siebie, ale i resztę zgromadzonych.

– Spokój! – Usłyszałem głos sędziego, który dla wzmocnienia reprymendy kilka razy uderzył młotkiem. – Proszę kontynuować.

– Czyli został pan wywieziony do domku w lesie, gdzie był pan przetrzymywany aż do czasu pojawienia się policji.

– Tak – przyznałem niepewnie.

– Rozumiem. Proszę mi powiedzieć: czy Michael F. znęcał się nad panem w jakikolwiek sposób?

– Jak niby miał się znęcać? Na pewno zapoznaliście się z wynikami oględzin w szpitalu. Czy wynikało z nich, że zostałem w jakiś sposób poszkodowany? – spytałem zaczepnie, rozkładając ręce i kręcąc głową w wyrazie niedowierzania.

– Proszę się uspokoić i odpowiadać na pytania – przywołał mnie do porządku sędzia.

– Wysoki sądzie – podjął oskarżyciel – obecny tu Dominik J. został znaleziony na posesji w stanie odurzenia alkoholowego. Dowody wskazują na to, że oskarżony poddawał swoją ofiarę alkoholizacji w celu otumanienia i...

– Jaka alkoholizacja? Jakie otumanianie?! – przerwałem wściekle. – Człowieku, jak masz problemy, to idź do AA. Ja nie mam żadnych problemów z alkoholem! – wystrzeliłem, utraciwszy już całkowicie panowanie nad sobą.

– Proszę o spokój!

– Wysoki sądzie, wysłuchaliśmy już biegłej psycholog. Chyba wszyscy się zgodzimy z tym, że zachowanie świadka potwierdza jej opinię. Dominik J. rzeczywiście cierpi na syndrom sztokholmski i...

– Sam masz syndrom! – warknąłem, uderzając z całej siły pięścią w blat.

Michael ukrył twarz w dłoniach.

– Proszę o wyprowadzenie świadka! – zdecydował sędzia, po czym zakończył dzisiejszą sesję.

Nie ogarniałem umysłem tego, co się wydarzyło. Stałem na korytarzu. Znajoma policjantka zapowiedziała, że zaraz podjedzie radiowóz, żeby zabrać mnie do domu. Nie marzyłem o niczym innym. Nie chciałem odpowiadać na więcej pytań. Czekaliśmy na sygnał kierowcy, że możemy opuścić budynek, kiedy zdecydowanym krokiem podszedł do mnie mężczyzna. On również miał na sobie togę i perukę.

– Jestem obrońcą Michaela – przedstawił się. – Gdyby sędzia nie przerwał rozprawy, byłbym następną osobą, która zadawałaby ci dziś pytania. Naprawdę źle się stało, że nie potrafiłeś zapanować nad emocjami – wycedził szorstko. – Mój klient mówił mi, że będziesz starał się pomóc mu za wszelką cenę, ale prawda jest taka, że nie pomagasz. Wręcz przeciwnie: jeśli nie zmienisz taktyki, jeszcze bardziej go pogrążysz.

To powiedziawszy, obrócił się i odszedł, a ja poczułem się jak skarcony szczeniak. Zrozumiałem, że adwokat miał rację.

Wsiadłem do radiowozu. Już nie zwracałem uwagi na atakujących mnie reporterów. Podczas jazdy nie kuliłem się na swoim siedzeniu, wyprostowany śledziłem niewidzącym wzrokiem przesuwające się za oknem obrazy. W mojej głowie wszystko zaczęło się powoli rozjaśniać. Czułem się tak, jakby adwokat – dzięki swojej bezceremonialności i bezpośredniości – fizycznie mną potrząsnął. Było mi to potrzebne.

*

Czasem trzeba dostać od losu prztyczek w nos, żeby docenić to, co się ma. Zamiast spadać coraz głębiej w otchłań, w którą sam się wepchnąłem, zacząłem robić wszystko, by wydostać się z dołka. Dotarło do mnie, że jeśli chcę pomóc Michaelowi, muszę najpierw pomóc sobie.

Jednocześnie zrozumiałem, że Mike dopuścił się przestępstwa i zgodnie z obowiązującym prawem musi odpowiedzieć za swój czyn. Jeśli nadal bym temu zaprzeczał, starając się za wszelką cenę wybielić jego motywy, prawdopodobnie wylądowałbym w szpitalu psychiatrycznym. To z pewnością nie pomogłoby oskarżonemu, ponieważ sąd uznałby, że w wyniku przeżytej traumy doznałem poważnego uszczerbku na zdrowiu.

Byłem przekonany, że muszę rozpocząć porządki w swoim życiu od poważnej, szczerej rozmowy ze swoją terapeutką. Przede wszystkim chciałem przekonać ją, że terapia działa, że zastosowane przez nią metody są skuteczne, a to, co wydarzyło się w sądzie, było wynikiem stresu i przeżytego przeze mnie szoku.

Zdawałem sobie sprawę, że potrzebuję uchwycić się czegoś, co nada sens wydarzeniom z ostatnich tygodni. Nie wierzyłem w przypadki. Nie dopuszczałem do siebie myśli, że wszystko zdarzyło się jedynie po to, aby ukarać Michaela. To się zwyczajnie nie trzymało kupy. Starałem się dociec, jaką rolę odgrywałem w tym scenariuszu. Jednocześnie przypominałem sobie, jak reaguję pod wpływem silnych emocji i że sytuacja nie kończy się dobrze, gdy chcę na siłę walczyć z całym światem. Postanowiłem zatem wrócić do swojej oazy spokoju i zaufać przeznaczeniu. Powierzyłem się losowi i wkrótce otrzymałem odpowiedź od uniwersum.

Trzydziestego trzeciego dnia od napadu w banku obudziłem się z poczuciem wewnętrznego spokoju i zadowolenia. Byłem umówiony z Wiktorią i Ksawerym.

Ze względu na wciąż żywe zainteresowanie moją osobą postanowiliśmy się spotkać u mnie. Oznaczało to wielkie sprzątanie. W czasie ostatnich tygodni żyłem w marazmie i porządki były ostatnią rzeczą, o jakiej myślałem. Teraz trzeba było się sprężyć, bo strasznie zapuściłem mieszkanie. Rose była wspaniałą dziewczyną, ale nie pozostawała w szczególnie przyjaznych stosunkach z miotłą i mopem. Dobrowolnie wziąłem więc sprzątanie wspólnych części mieszkania na siebie.

Niestety, nigdy nie byłem znany z pośpiechu. Kiedy wyszedłem z łazienki po porannej toalecie, z przerażeniem stwierdziłem, że moi goście pojawią się w ciągu godziny.

Najpierw rzuciłem się na najbardziej wyeksponowane części mieszkania, czyli salon i kuchnię. Później zająłem się łazienką. Miałem nadzieję, że zapał do porządków mnie nie opuści i po spotkaniu z przyjaciółmi zajmę się też swoim pokojem. Teraz zabrakło na to czasu. Wkrótce rozległo się energiczne pukanie do drzwi.

– O rany, jak miło cię w końcu widzieć!

Na dłuższą chwilę utonąłem w objęciach swoich przyjaciół.

– Zdecydowanie lepiej wyglądasz! – zauważyła Wika, która krótko po aresztowaniu Michaela zobaczyła mnie dzięki kamerce w laptopie Laury.

– Dziękuję! – odpowiedziałem z wdzięcznością, i już odruchowo miałem dodać to słynne „ty też", ale w porę ugryzłem się w język. Pewnie byłbym równie zażenowany jak w sytuacji, gdy w podobny sposób odwzajemniłem się kelnerowi, który życzył mi smacznego.

– Daliśmy znać Laurze. Ma dołączyć do nas za kilka minut – powiedział Ksawery.

– Super, że o tym pomyśleliście. Mam siano w głowie, nie wpadłem na to.

Gdy przyszła Laura, przywitałem się z nią równie czule jak z Wiką i Ksawerym.

Wszyscy znaliśmy się dzięki Ewelinie. Jej szwagierka, czyli mama Wiktorii, przed swoim powrotem do Polski zapoznała nas z Laurą, którą traktowała jak siostrę. Ich przyjaźń przetrwała, a nawet jeszcze się umocniła i rozrosła dzięki temu, że teraz już wszyscy utrzymywaliśmy z Laurą serdeczne kontakty. Było mi to bardzo na rękę, szczególnie wtedy, gdy wpadłem w dołek i nie miałem ochoty na żadne interakcje z ludźmi, także tymi bliskimi. Laura nie tylko trzymała pieczę nade mną, ale także zadbała, by moja rodzina i moi przyjaciele cały czas wiedzieli, co się ze mną dzieje.

Potem usiedliśmy w salonie przy kubkach świeżo zaparzonej kawy. Zawsze smakowała mi lepiej w miłym towarzystwie. Wszyscy w tym gronie mieli świadomość, co mi się przydarzyło, znali moją wersję zdarzeń, nie oceniali. W czasie gorszych dni uszanowali moją potrzebę izolacji, choć cały czas dawali znać, że są blisko, gotowi pomóc, jeśli będę ich potrzebował.

Panowała atmosfera pełna ciepła i życzliwości. Jak dobrze było nie koncentrować się na sobie, słuchać o tym, co ostatnio wydarzyło się w życiu przyjaciół, śmiać się z ich żartów.

Na chwilę połączyliśmy się internetowo z moimi siostrami. Za sprawą ich rozgadanych, kipiących energią dzieci do salonu na kilka minut wdarł się pozytywny chaos.

To był bardzo dobry dzień. W końcu moi goście zaczęli się zbierać. Wszyscy szli rano do pracy, a Wika z Ksawerym mieli kawałek drogi do domu.

Gdy żegnaliśmy się w korytarzu, przypomniało mi się, że miałem oddać Wiktorii książki, które od niej pożyczyłem. Nie pamiętając o strasznym bałaganie, otworzyłem drzwi do swojego pokoju.

– Matko i córko! – Laura złapała się za głowę. To musiał być dla niej szok. Byłem powszechnie znany ze swojego zamiłowania do porządku. – Co za chlew! Pomóc ci posprzątać?

W pierwszej chwili chciałem przystać na jej wspaniałomyślną propozycję. Potem jednak omiotłem spojrzeniem wnętrze. Mój wzrok padł na ciśniętą w kąt bluzę... Zamarłem.

– Lepiej nie... – odpowiedziałem niepewnie. – To znaczy... bardzo dziękuję za propozycję, ale nie trzeba. Wasza obecność dała mi potężnego kopa, poradzę sobie.

Kiedy zostałem w mieszkaniu sam, stanąłem w progu swojego pokoju i prawie się popłakałem z radości.

– Tak! – krzyknąłem. – Dziękuję, wszechświecie! To jest to, o co prosiłem!

*

W ciągu kolejnych kilku dni wysprzątałem cały dom na błysk. Roznosiła mnie pozytywna energia. Zacząłem częściej wychodzić. Nawet zdarzało mi się odpowiedzieć zdawkowo na kilka pytań tych dziennikarzy, którzy okazali się na tyle wytrwali, by wciąż polować na mnie pod blokiem.

W czasie spacerów zawsze miałem na uszach słuchawki. Starałem się skupiać na muzyce i ignorować gapiących się na mnie przechodniów. Sprawa napadu na bank i porwania oraz proces Michaela wciąż zajmowały wysoką pozycję na liście zainteresowań mediów. Wiedziałem jednak, że w końcu wszystko ucichnie, a ja odzyskam spokój. Do tej pory musiałem jakoś przetrwać.

Moja pani psycholog była bardzo zadowolona z przebiegu terapii i obiecała powiadomić sąd, że w jej opinii jestem już gotowy, by wystąpić na rozprawie w charakterze świadka.

Pod koniec ostatniej sesji zadałem jej ryzykowne pytanie.

– Być może wyda się to pani dziwne – zagaiłem z niepewnym uśmiechem – ale czy jest szansa na to, aby załatwiła mi pani widzenie z Michaelem?

– Po co? – spytała czujnie.

– Mam przeczucie, że to jest ta ostatnia furtka, przez którą muszę przejść, by na zawsze wydostać się z tego labiryntu niepewności... Potrzebuję odpowiedzi na nurtujące mnie pytania – wyjaśniłem.

Terapeutka była wyraźnie zaskoczona moją prośbą. Patrzyła na mnie ze ściągniętymi brwiami, w dłoniach machinalnie obracała długopis.

– Zrozumiem, jeśli uzna pani, że to niemożliwe lub niestosowne – dodałem, starając się sprawiać wrażenie, że w głowie mam już niemal wszystko poukładane i z pełnym zaufaniem przyjmę jej zalecenia. – Postanowiłem jednak zapytać.

– Zobaczę, co da się zrobić, i dam ci znać – odrzekła w końcu.

Kurczę, chyba powinienem zostać aktorem – pomyślałem, opuszczając gabinet.

Wiadomość przyszła zaskakująco szybko. Robiłem akurat zakupy w supermarkecie. Miałem ochotę na wegetariańską wersję lasagne, więc oprócz świeżych warzyw, owoców, pieczywa, sera i mleka w moim koszyku wylądował też makaron i sos beszamelowy w słoiku, jako że ten robiony własnoręcznie nigdy mi nie wychodził. Szedłem do kasy, gdy telefon w mojej kieszeni zawibrował.

Zobaczyłem wiadomość od mojej psycholog: „Pojutrze o godzinie piętnastej. Daj znać, czy termin Ci odpowiada. Pozdrawiam – Daria".

*

W dniu zaplanowanej na popołudnie wizyty w zakładzie karnym obudził mnie dźwięk domofonu. Nie wstałem z łóżka, zakładając, że to pewnie listonosz lub kurier, który dzwoni do wszystkich lokatorów, chcąc wejść do klatki. Kiedy uświadomiłem sobie, co mnie dziś czeka, poczułem ekscytację, ale i lekkie zdenerwowanie. Podparłem plecy poduszką i zacząłem przeglądać wiadomości na różnych portalach. Szczególnie interesowały mnie doniesienia lokalnych mediów na temat rabunku, porwania i aktualnie toczącego się procesu. Przeczytałem krótkie wywiady z osobami, które tamtego feralnego dnia przebywały w banku. Część z nich kojarzyłem z wyglądu.

Po czternastej byłem już porządnie zestresowany, ale wciąż dominowała ekscytacja. Choć przez cały poranek starałem się zaplanować, co powiem i jak się będę zachowywał, teraz postanowiłem pójść na żywioł. Zrozumiałem, że nie ma sensu zastanawiać się, jak to wszystko rozegram, skoro nie będę umiał tego wykonać.

Niecierpliwie wyczekiwałem pojawienia się przed blokiem białego audi Laury, która zgodziła się zawieźć mnie do zakładu karnego. Czekałem przy oknie, ubrany do wyjścia.

– Jesteś przekonany, że dobrze robisz? – spytała zatroskana Laura, gdy zapinałem pas.

– Oczywiście, że nie! – odpowiedziałem wesoło. – Ale kto nie ryzykuje, ten nie pije szampana, nieprawdaż?

Popatrzyła na mnie z troską. Wiedziałem, że ona sama nie uważała spotkania z Michaelem za dobry pomysł. Bała się, że mnie to emocjonalnie rozreguluje i znowu wpadnę w dołek.

— Żartuję, wiem, co robię — dodałem uspokajająco.

Chociaż wcale nie byłem tego taki pewny.

*

Więzienie znałem tylko z filmów i nie do końca wiedziałem, czego się spodziewać. Psycholog uprzedziła mnie, bym pojawił się w zakładzie karnym wcześniej, ponieważ będę musiał przejść kontrolę osobistą. Przypomniała mi o zabraniu paszportu. Rzeczywiście przy wejściu zostałem przeszukany, sprawdzono też moje kieszenie. Pozwolono mi wziąć ze sobą kilka monet, w razie gdybym chciał kupić kawę w automacie. Wszystkie inne rzeczy, które przy sobie miałem, takie jak telefon czy paczka gum, zostały zdeponowane na czas wizyty. Zaprowadzono mnie do niewielkiej sali, gdzie były tylko dwa krzesła i stolik.

— Proszę poczekać, zaraz przyprowadzimy osadzonego — poinformował strażnik.

Wyobrażałem sobie, że oczekując na nadejście Michaela, będę słyszał szczęk metalowych zamków, krzyki innych więźniów lub nawet odgłos pościgu więziennym korytarzem, jeśli akurat jakiś desperat zapragnie ucieczki.

Było jednak całkiem spokojnie. Mógłbym sobie wyobrazić, że przebywam w całkiem innej instytucji. Pomieszczenie, w którym się znajdowałem, było dość ponure. Gołe ściany, na podłodze linoleum w burym kolorze, żadnych niepotrzebnych sprzętów – wzrok przykuwała jedynie niewielka kamera zamontowana w rogu pomieszczenia. Wszystko miało chyba przypomnieć osadzonemu i wizytującemu, że nie jest to kurort wypoczynkowy. Na szczęście nie musiałem długo pozostawać sam w tym grobowcu, bo wkrótce usłyszałem kroki na korytarzu. Na widok Michaela na kilka sekund stanęło mi serce, a oczy wypełniły się łzami.

Nie przypominał człowieka, którego do tej pory znałem – wychudzona sylwetka, twarz o szarej skórze, podkrążone oczy. Na jego przegubach nie było kajdanek. Strażnik wskazał mu krzesło, a sam wycofał się i stanął na korytarzu, pozostawiając jednak otwarte drzwi. Dał nam w ten sposób wrażenie umiarkowanej prywatności. Wiedziałem, że kamera przekazuje obraz, ale nie dźwięk.

– Cześć – zagaiłem niepewnie, ale Michael nie odpowiedział. – Cieszę się, że cię widzę. Choć ty chyba nie jesteś w nastroju do rozmowy...

– Po co tu przyszedłeś? – odezwał się chrapliwie.

– Jestem tu, ponieważ wziąłem sobie do serca to, co powiedział mi twój obrońca. Będę mówił szybko, żeby nie przedłużać. Chodzi o to... - ściszyłem głos. - Zrozumiałem, że nie pomogę ci, jeśli będę mówił prawdę. Żeby uchronić cię od wyższego wymiaru kary, będę musiał trochę kłamać. Rozumiesz?

- Słucham?!
- Nie powinieneś tu być. To moja wina, że cię zamknęli.
- Co ty...?
- Daj mi dokończyć - przerwałem mu. - Wiem, że znalazłem się w twojej historii nie bez powodu. Musiałem tu przyjść, żeby ci to powiedzieć, abyś nie myślał, że jestem przeciwko tobie. Sprawiaj jednak wrażenie, jakby to, co mówię, cię zdenerwowało. Jakbym miał do ciebie jakieś pretensje.

Pokręcił głową.

- Przecież wiem, że nie jesteś taki. Wiem, że chciałbyś mi pomóc. Nie musiałeś tu przychodzić...
- Musiałem. Skąd mogłem mieć pewność, że nie pomyślisz inaczej?

Nastąpiła długa chwila milczenia, które przerwał Michael.

- Powiedz mi jedną rzecz - powiedział, pochylając się ku mnie, i prawie dotknął mojej dłoni. Odskoczyłem jak oparzony. Przeleciało mi przez głowę, że to będzie dobrze wyglądało w kamerze. - Jest coś, czego nie mogę zrozumieć...

– I właśnie dlatego przyszedłem ci to wyjaśnić – odpowiedziałem stanowczo.

W tej chwili do pokoju wszedł strażnik.

– Koniec widzenia – oznajmił.

– Ale my jeszcze nie skończyliśmy! – zaprotestowałem.

– Przykro mi, regulamin – odparł beznamiętnie. Zapewne był świadkiem takich scen setki razy. – Proszę poczekać, przyjdę po pana.

Mike bez sprzeciwów podniósł się z krzesła.

Gdy znów zostałem sam w pomieszczeniu, stałem przez chwilę bez ruchu. Nie mogłem uwierzyć, że nie udało mi się przekazać najważniejszej wiadomości! Starałem się jednak opanować emocje i zachowywać rozsądnie.

Już w samochodzie poprosiłem Laurę, byśmy po drodze zajechali do sklepu. Wiedziałem, że ten wieczór spędzę w swoim pokoju z butelką wina.

HAPPY END

Starałem się zasnąć, ale tylko rzucałem się na łóżku. Wyraźnie słyszałem śmiechy, krzyki i dźwięk tłuczonego szkła. To wszystko wywoływało we mnie gniew i frustrację. Czy naprawdę tylko do mnie docierał ten hałas?! Czy nikogo w domu – poza mną – nie denerwował okropny harmider?!

Wstałem z łóżka i rozwścieczony poszedłem do kuchni po szklankę wody. Nie zachowywałem się cicho, w końcu wszyscy poza mną w tym domu zdawali się mieć kamienny sen. Dźwięki libacji zaczęły się przybliżać, czyli impreza przenosiła się z piwnicy do domu.

– Serio?! – wrzasnąłem, widząc w drzwiach zataczającego się ojca. – Środek nocy, a wy drzecie się, jakbyście byli tu sami!

Jakiś mężczyzna też próbował wejść do środka. Nigdy wcześniej go nie widziałem wśród znajomych ojca. Powiedziałem, by wracał do domu, po czym bez ceregieli zamknąłem mu drzwi przed nosem. Zerknąłem przez wizjer. Koleś wciąż stał na korytarzu. Ojciec zaś zdążył już położyć się do łóżka. Wyglądało, jakby spał od co najmniej kilku godzin. Spojrzałem ponownie przez wizjer, ale momentalnie odskoczyłem z przerażeniem. Mężczyzna patrzył wprost na mnie, jego twarz była nienaturalnie radosna.

– Proszę stąd odejść! Już późno, koniec imprezy! – odezwałem się nieśmiało. – To nie jest zabawne, proszę już iść! – dodałem po chwili, widząc, że mężczyzna nie ruszył się z miejsca.

W następnej chwili klamka zaczęła się poruszać.

– Tato! – wrzasnąłem rozpaczliwie.

Cisza.

– TATO! – ponowiłem wezwanie, ale znów nie doczekałem się reakcji.

Za to klamka znieruchomiała. Nagle drewno, z którego zrobione były drzwi, zamieniło się w cienką tekturę. Ktoś ją teraz kopał, wgniatając do środka. Najpierw zobaczyłem buty, a potem całe nogi. Tuż za nimi wyłoniła się głowa z diabelskim wyrazem twarzy. Na sam koniec zauważyłem dłonie. W jednej z nich znajdował się nóż z brązową rączką, nóż, który przecież powinien teraz być w szufladzie ze sztućcami. Nie miałem pojęcia, skąd się wziął w rękach intruza.

Cofałem się do salonu, gdzie spali moi rodzice. Cały czas wzywałem ojca, ale mnie nie słyszał. W pokoju rodzeństwa też panowała niezakłócona nocna cisza. Nikt nie poruszył się nawet o milimetr.

Broń trzymana przez napastnika pojawiła się tuż przede mną. Wiedziałem, co muszę zrobić. Wstrzymałem oddech i pospiesznie złapałem za ostrze...

Otworzyłem oczy. Przez chwilę leżałem bez ruchu, wciąż oszołomiony senną wizją. Co to miało być? Już dawno nie miewałem snów, a tym bardziej koszmarów, w dodatku o tak niezrozumiałym przesłaniu.

Odwróciłem głowę w stronę okna. Była pełnia.

*

Wstałem z łóżka dopiero po dziesiątej rano, bo musiałem nadrobić zmarnowane godziny, kiedy to nie mogłem zasnąć po spotkaniu z mordercą.

Rose, jak zwykle po nocnej zmianie, spała jak zabita. Nawet przebiegający pod drzwiami tabun koni nie byłby w stanie jej obudzić. Bardzo mi to odpowiadało. Mogłem bez wyrzutów sumienia słuchać swoich ulubionych hitów. Kiedyś nie byłem świadomy tak mocnego snu swojej współlokatorki i starałem się być cicho jak mysz pod miotłą. Tak samo zachowywałem się po przeprowadzce do Kingi i Beaty, obawiając się, że mnie wyrzucą, jeśli nie będę się wzorowo zachowywał. Ten stan trochę trwał, ponieważ inni domownicy postanowili nie reagować, by nie psuć sobie zabawy. Nigdy nie zapomnę, jak pewnej nocy wróciłem po imprezie i chciałem niepostrzeżenie przedostać się do swojego pokoju. Bezszelestnie zdjąłem buty i kurtkę. I wtedy z salonu wyszedł niespodziewanie brat Kingi, a ja... postanowiłem wtopić się w ścianę. Musiało to wyglądać niezwykle komicznie, bo wypominał mi to przy każdej okazji.

Cieszyłem się na spotkanie z Izą. Przyjechała punktualnie jak zwykle.

– Jak się czujesz po tym wszystkim? – spytała po wylewnym powitaniu, bo bardzo długo się nie widzieliśmy. Wymienialiśmy się wprawdzie wiadomościami, ale wiadomo, że to nie to samo, co osobisty kontakt. Potrafiliśmy jednak dbać o naszą relację nawet wtedy, gdy przez jakiś czas nie mogliśmy się spotkać.

– Znasz mnie, zawsze znajdę wyjście z każdej sytuacji! – Mrugnąłem do niej. – Nie powiem, że było lekko, bo nie wszystko wyszło tak, jak chciałem. Ale czy nie takie właśnie jest życie? Cieszę się, że już po rozprawie i nie ciągnę wszędzie za sobą ogona wścibskich ludzi. Chciałbym też przy okazji ci pogratulować i podziękować.

– Mnie? – zapytała zaskoczona. – A z jakiej racji?

- Ach, wiedziałem, że nie będziesz pamiętać! - zaśmiałem się. - A przecież ty to wszystko przepowiedziałaś! Pamiętasz? Powiedziałaś, że niebawem spotkam kogoś, kto zmieni moje standardy życia! Ha! Nawet nie wiesz, jak bardzo. Na razie jednak muszę milczeć jak kamień... Wiedz jednak, że cały czas podświadomie trzymałem cię za słowo, gdy oznajmiłaś, że to ode mnie zależy, jak się wszystko potoczy. Więc jeszcze raz ci dziękuję!

Iza wzruszyła ramionami ze śmiechem.

- Nie pamiętam, ale przyjmuję! - Uściskała mnie. - Widzę, że promieniejesz.

- Och, tak! Nawet nie wiesz, jak dobrze się teraz czuję! W końcu wszystko idzie zgodnie z planem.

- Ciekawi mnie tylko jedna rzecz - zagaiła nieśmiało. - Niby zostało to wyjaśnione, ale wiesz... intuicja...

- Dawaj, przecież cię nie ugryzę! - zachęciłem ze śmiechem.

- No wiesz, trąbili, że ukradzione w czasie napadu pieniądze zostały zwrócone do banku, choć uszczuplone o dość znaczną kwotę. Powiedzieli, że to wasze wydatki i tak dalej. Ale mnie się to wydaje podejrzane, no bo ile można wydać na żarcie przez kilka dni?!

- W tym przypadku muszę cię prosić, byś pozostawiła swoje domysły dla siebie - odparłem poważnie. - Jest coś, co chcę i powinieniem zachować w tajemnicy.

I wierz mi, nie jest łatwo, szczególnie z pewnym upierdliwcem, z którym muszę się użerać. A tak w ogóle to czego się napijesz? Mam dobre ciastka...

*

Nie spodziewałem się, że ludzie tak szybko znudzą się moją osobą, choć w zasadzie było mi to na rękę. Kilka miesięcy po porwaniu już nikt nie odwracał się za mną na mieście. Nie wzbudzałem niczyjego zainteresowania, chyba że akurat ktoś z nowych znajomych dowiedział się, co mnie spotkało. Były to jednak krótkie, bezbolesne pytania, jak wtedy, gdy ktoś pyta, co robiłeś w święta. Może w innej sytuacji byłbym trochę zawiedziony takim stanem rzeczy, ale miałem coś ważnego do zrobienia, a to wymagało zachowania dyskrecji. W przeciwnym razie być może wciąż cieszyłyby mnie błyski fleszy – ostatecznie każdy lubi być gwiazdą od czasu do czasu. Pewnie jednak wtedy nie obyłoby się bez skandalu.

Daventry wciąż było nudne i nijakie. W sumie mógłbym się stąd wyprowadzić, bo stan mojego konta znacznie się poprawił. Media płaciły całkiem nieźle za wywiady i udział w różnych panelach dyskusyjnych. Nadal trzymała mnie tu jednak pewna sprawa, a w zasadzie pewien dom na obrzeżach miasta. Z początku miałem obawy, że ktoś powiąże fakty i mój misterny plan nie wypali, postanowiłem jednak zaufać wszechświatowi: robić, co zamierzałem, i nie oglądać się za siebie.

Czas gnał jak szalony, a ja z każdym mijającym tygodniem miałem w sobie coraz więcej energii i zapału. I choć bardzo podobało mi się, co robiłem, chciałem jak najszybciej zakończyć ten rozdział – po to, by móc zająć się sobą i dać nadzieję komuś, kto teraz tego potrzebował.

W tym roku trzydziesty pierwszy dzień grudnia zaplanowany został szczegółowo od początku do końca. Całą naszą paczką zakupiliśmy bilety na imprezę i ustaliliśmy, co każdy przyniesie do jedzenia, żeby nie dublować potraw. Mnie jak zawsze przypadła wegetariańska sałatka gyros, która podbiła serca nawet najbardziej zdeklarowanych mięsożerców. Cieszyło mnie to, że bliscy znajomi nie czynili mi już wymówek z powodu diety, a nawet z myślą o mnie przygotowywali także potrawy wegetariańskie. Nie zawsze tak było. Gdy postanowiłem nie jeść mięsa, długo musiałem słuchać narzekań znajomych i rodziny. Trochę potrwało, zanim zrozumieli, że nie zmienię zdania w tej kwestii, a im pozostało to zaakceptować.

O godzinie dziewiętnastej byliśmy już w sali, w której miała się odbyć zabawa sylwestrowa. Z głośników leciały polskie i światowe hity z dawnych lat, ale raz na jakiś czas DJ puszczał współczesny kawałek. Jednak nawet nastolatkowie woleli pląsać przy dyskotekowych przebojach Modern Talking i C.C. Catch. Po dwóch godzinach mieszanej muzyki już całkowicie przenieśliśmy się do przeszłości.

Stoły zastawione były suto, jak na polską biesiadę przystało. Polacy byli z tego znani w świecie, nikt nie mógł wyjść z imprezy głodny i niedopity. Wśród gości było paru znajomych, z którymi z różnych powodów zerwałem kontakty. W czasie sylwestrowej nocy różnice między nami chwilowo się zatarły, a tymczasowe przymierze przypieczętowaliśmy wspólnym tańcem i zapowiedzią kolejnego spotkania, do którego miało nigdy nie dojść.

O dwudziestej trzeciej połączyłem się telefonicznie z rodziną w Polsce, która już witała nowy rok. Wymieniliśmy się życzeniami i przesłaliśmy sobie całusy. Gdy wróciłem na salę, nie udało mi się usiąść ani na chwilę, bo porwano mnie do wspólnej zabawy. Zostałem jednym z licznych wagoników pociągu i ruszyłem z grupą, głośno śpiewając przebój Ryszarda Rynkowskiego:

Jedzie pociąg z daleka,
Na nikogo nie czeka,
Konduktorze łaskawy,
Byle nie do Warszawy...

Kilka minut przed północą wszyscy wyszliśmy na zewnątrz, by tam wypić szampana i wystrzelić parę fajerwerków.

– DZIESIĘĆ! DZIEWIĘĆ! OSIEM...

To będzie cudowny rok! – pomyślałem.

– SIEDEM! SZEŚĆ! PIĘĆ! CZTERY...

Niech mi się uda, co zaplanowałem! Proszę!

– TRZY! DWA! JEDEN! – Strzeliły korki szampana, w jakimś samochodzie włączył się alarm.

– Nic się nie stało! – krzyknął uspokajająco właściciel.

Mimochodem spojrzałem na numer rejestracyjny auta i uśmiechnąłem się. Jakiś czas temu zacząłem się interesować numerologią anielską. Na tablicy widniały cyfry „333", a to oznaczało, że nie idę przez życie sam – miałem wsparcie duchowych przewodników.

*

Tego roku prezent urodzinowy postanowiłem zafundować sobie sam. Nie organizowałem przyjęcia i wszystkich za to przeprosiłem, chociaż przecież nie musiałem. To ode mnie zależało, jak chciałem spędzić swoje urodziny. Powiedziałem też, że nie będzie mnie w domu, więc nie spodziewałem się niezapowiedzianych gości.

Dzień wcześniej zrobiłem porządki nie tylko w mieszkaniu, ale i w swojej głowie. Aby nie myśleć za dużo, zorganizowałem sobie wieczór filmowy z paczką chipsów, winem oraz popcornem. Pomysł okazał się trafiony. Nawet nie zauważyłem, kiedy wybiła dziesiąta. Uznałem, że to dobra pora, by położyć się spać. Przedtem przygotowałem sobie ubranie na następny dzień. Z ekscytacji jednak nie mogłem zasnąć aż do drugiej w nocy.

Jedyną osobą, z którą miałem się spotkać w dniu swoich urodzin, była Laura. Z racji tego, że mieszkaliśmy bardzo blisko siebie, nazywaliśmy się nawzajem sąsiadami, choć w rzeczywistości łączyło nas dużo więcej – jakaś magiczna więź, która po moim porwaniu jeszcze się wzmocniła. Wiele razy, gdy jedno z nas dzwoniło do drugiego, okazywało się, że właśnie intensywnie o sobie myśleliśmy. Czasem przypadkowo przepowiadaliśmy sobie przyszłość. Niekiedy dzwoniłem, by poprosić o podwózkę – choć naprawdę starałem się nie wykorzystywać uprzejmości przyjaciół i znajomych w tym względzie – i okazywało się, że Laura właśnie znajduje się w pobliżu.

Tego dnia jednak byliśmy umówieni. Dziesięć minut przed ustaloną godziną stałem już zniecierpliwiony na zewnątrz, klnąc w duchu, że muszę tak długo czekać.

– Jesteś pewny, że chcesz tam iść? – spytała moja przyjaciółka, kiedy dotarliśmy na miejsce. Chyba liczyła, że zmienię zdanie. – Nie mam bladego pojęcia, co knujesz, ale myślałam, że zakończyłeś ten rozdział na dobre.

– Czy jestem pewny? – zaśmiałem się. – Kochana, jak niczego innego wcześniej! Kiedyś ci wszystko wyjaśnię. A może nawet dużo wcześniej niż kiedyś.

– Dobrze – westchnęła. – W takim razie czekam tu na ciebie. Gdyby były jakieś problemy, od razu dawaj znać, dobrze?

– Dobrze, nie martw się. Przecież będę miał obstawę – uspokoiłem ją i wysiadłem z auta.

– To leć i wracaj szybko, bo dziwnie się tu czuję – dorzuciła jeszcze, opuściwszy szybę, i wzdrygnęła się ostentacyjnie.

– Nie ty jedna – mruknąłem i skierowałem się w stronę wejścia.

To była moja ostatnia wizyta w zakładzie karnym.

*

Michael był już po rozprawie, więc tym razem przysługiwała nam cała godzina na rozmowę. Spotkaliśmy się w znacznie większej i nieco ładniejszej niż poprzednio sali. Oprócz nas w pomieszczeniu było jeszcze kilka innych osób. Obecność strażników zdawała się bardziej dyskretna – śledzili, co działo się w sali widzeń, na kilku monitorach.

Od poprzedniej wizyty nie zmieniło się zaś to, że Michael wciąż nie był zachwycony moim widokiem. Mnie z kolei cały czas nie podobało się, jak wyglądał. Było gorzej niż ostatnio, wyraźnie wyczuwałem jego złość, frustrację i poczucie bezradności.

– Co tu znowu robisz? – burknął zamiast powitania.

– Cześć, u mnie dobrze. A u ciebie? – spytałem bezmyślnie. Wszystko przez stres.

– To może ja od razu zawołam strażnika, aby było szybciej, co? – warknął, odwracając się znacząco w stronę wyjścia.

– Poczekaj. Daj mi powiedzieć, co mam do powiedzenia, i wtedy sobie wołaj, kogo chcesz – powiedziałem pospiesznie. – Przede wszystkim chciałbym zauważyć, że postąpiłeś niemądrze, odsuwając od siebie chorą matkę. Przecież to ona była motorem napędowym twojego działania w ostatnich latach, to jej chciałeś pomóc...

Michael ledwie się powstrzymał, by nie zerwać się gwałtownie z krzesła.

– Skąd niby... – wysyczał gniewnie.

– Nie przerywaj mi! – Tym razem ja próbowałem pokazać, kto tu rządzi. – Domyślam się, że było to spowodowane wstydem i poczuciem, że sprawiłeś jej zawód, ale odizolowanie jej od siebie w żaden sposób nie poprawiło stanu zdrowia twojej mamy, a przecież o to od początku chodziło. Zresztą nieważne, nie wiem w sumie, dlaczego właśnie od tego zacząłem... Chyba mnie zirytowałeś.

– Co ty mi tu...?! – żachnął się.

– Zabrzmi to trochę egoistycznie, ale cóż... miałem rację. Aczkolwiek nie do końca. – Sam zdawałem sobie sprawę z tego, że mówię nieskładnie. – Dobra, nie przeciągam. Twoja mama Charlotte czuje się o wiele lepiej. Pisze prawdę w swoich listach, choć zarzuciłeś jej, że kłamie, by poprawić ci humor. Tak, wiem, o czym pisaliście...

Mike wyglądał na tak skołowanego, że aż mi się zachciało śmiać.

– Na czym to ja skończyłem...? A, już wiem. Ten wasz lekarz. Jeny, nie mam pojęcia, skąd wyście go wzięli, ale bardziej niekompetentnej osoby to ja w życiu nie widziałem! On chyba musi mieć jakieś dochody z tej kliniki, do której was wysłał na zabieg. Inaczej nie potrafię tego wyjaśnić. Pozwalibyśmy go, gdyby nie szczególne okoliczności. Zgodnie jednak uznaliśmy, że robienie szumu wokół tej sprawy mogłoby niepotrzebnie ściągnąć na nas uwagę, a tego nie chcemy. Śmialiśmy się nawet z Charlotte, że w sumie dobrze, że nie było cię przy tym wszystkim, bo znów byś narozrabiał...

Stres, który trzymał mnie od poprzedniego wieczoru, uzewnętrznił się nagle w postaci wybuchu nerwowego śmiechu. Jakbym opowiedział najśmieszniejszy żart pod słońcem. Aż się złapałem za brzuch. Znów musiałem sam siebie przywołać do porządku. Wyprostowałem się na krześle, speszony.

– Jejciu, przepraszam. To chyba nerwy. Nieważne, zapomnij o tym.

– Nie przerywaj – zażądał kategorycznie, nieznacznie pochylając się nad stolikiem.

To było to. Powoli wracał Michael w swojej poprzedniej wersji, co momentalnie dodało mi skrzydeł.

– Twoja mama nie chciała spróbować medycyny alternatywnej, ale... udało mi się ją namówić na zmianę doktora po tym, jak wysłuchałem bredzenia tego dotychczasowego. Nie powiem, że było łatwo. No wiesz. Nie mam tytułu naukowego, a wspominanie o intuicji raczej jej nie przekonywało. Możesz sobie wyobrazić, w jakim była szoku, kiedy po raz pierwszy stanąłem w jej progach! – Wyrzucałem z siebie słowa jak karabin maszynowy, ale trochę kluczyłem. Świadczyła o tym zniecierpliwiona mina Mike'a. Postanowiłem mówić konkretniej. – Odwiedziliśmy inną klinikę, gdzie Charlotte poddano szczegółowym badaniom. I co się okazało? Poprzednia diagnoza była błędna. Co więcej: gdyby zgodziła się na zabieg sugerowany przez tamtego lekarza, jej stan prawdopodobnie by się pogorszył. Potrzebne było pilne leczenie w kierunku całkiem innej choroby, co zresztą niezwłocznie wdrożono. Specjaliści uznali za cud to, że nieleczona choroba nie zdążyła zrobić w organizmie większego spustoszenia. – Pochyliłem się ku Michaelowi, ściszając głos. – Chyba nie muszę mówić, skąd mieliśmy na to pieniądze, prawda?

Pokręcił głową. Był wyraźnie wzruszony. Przecież musiał się zastanawiać, co się stało z brakującą sumą pieniędzy. Prawdopodobnie podejrzewał, że ją sobie przywłaszczyłem, ale w trakcie śledztwa, które toczyło się w tej sprawie, uparcie powtarzał, że wydał tę gotówkę na utrzymanie i zakwaterowanie. Ja oczywiście potwierdzałem jego wersję.

– Nie spodziewałem się... – wykrztusił.

– Oczywiście nie mogliśmy ci o tym napisać, w więzieniu nie ma czegoś takiego jak tajemnica korespondencji, więc... Nie mogłem przyjść wcześniej, a ty sam kategorycznie odmówiłeś widzeń z Charlotte... To też jej wyjaśniłem po swojemu. Nie bój się, nie ma ci tego za złe. Wręcz przeciwnie. Martwi się, że niepotrzebnie się samobiczujesz. I ma rację. Wyglądasz okropnie! Uff, mogę to w końcu z siebie wyrzucić! – Zaśmiałem się nerwowo, aby jakoś rozluźnić atmosferę. – Ale teraz już będziesz musiał się z nią zobaczyć. Zarezerwowaliśmy wizytę za niecałe trzy tygodnie, konkretnie za dwadzieścia dni. Masz więc trochę czasu na to, żeby jakoś się doprowadzić do lepszego stanu. Chyba nie chcesz przerazić matki swym wyglądem! Wow, zobacz, jak się rozbrykałem z tekstami! Prawie jak wtedy w domku! – zauważyłem samokrytycznie.

– To fakt – zgodził się ze mną, ale kąciki jego ust wygięły się w lekkim uśmiechu. – Jestem w szoku, nawet nie wiem, co powiedzieć – przyznał po chwili.

– Rozumiem to, nie musisz nic mówić. Razem z Lottie zwyczajnie chcemy, abyś wrócił do siebie. Już i tak zostałeś wystarczająco ukarany za to, co zrobiłeś.

Według mnie nawet zbyt dotkliwie, ale nie do mnie należy krytykowanie decyzji sądu. Może tak miało być, żebyś nie zrobił kolejnej głupoty. Nie wiem, nie roztrząsajmy tego. Teraz ważne, abyś przetrwał jakoś ten czas w więzieniu i wyciągnął porządną lekcję na przyszłość. Matko, nawet nie wiesz, jaką czuję ulgę, że w końcu mogłem ci to wszystko przekazać! Dziś są moje urodziny, a to najwspanialszy prezent, jaki mogłem otrzymać. Na dodatek widzę, że i tobie spadł z serca ogromny ciężar. To tylko potęguje moją radość.

– Wszystkiego najlepszego – wykrztusił z trudem. W jego oczach błyszczały łzy.

– Widzisz? Wiedziałeś, co powiedzieć – zauważyłem wzruszony. – Dziękuję.

Poczułem ogromną ulgę i szczęście. Miałem nieco inną wizję tego spotkania, ale rzeczywistość przekroczyła moje wyobrażenia. Poczekałem, aż Mike się uspokoi, i dopiero wtedy rozeszliśmy się w swoje strony. Oznajmiłem, że nie zamierzam pojawiać się ponownie w tym strasznym miejscu, lecz z przyjemnością spotkam się z nim, gdy już zakończy odbywanie kary.

Odebrałem swoje rzeczy osobiste z depozytu przy dyżurce i już miałem kierować się ku wyjściu, gdy ktoś mnie zaczepił. Tym razem nie była to miła niespodzianka. Tuż przede mną stał policjant, który prowadził śledztwo w sprawie brakującej kwoty gotówki pochodzącej z rabunku. Bardzo chciał udowodnić, że współdziałałem z Michaelem. Na moje szczęście nikt inny z ekipy dochodzeniowej nie podjął tego wątku i sprawę zamknięto.

– Proszę, proszę, kogo my tu mamy! – powiedział kpiąco.

– Dzień dobry – rzuciłem sucho, licząc na to, że rozmowa się nie rozwinie.

– Odwiedził pan swojego najlepszego przyjaciela? – zapytał uszczypliwie.

– Można tak powiedzieć – odpowiedziałem tym samym tonem. – Przyszedłem, aby symbolicznie zakończyć ten burzliwy etap w moim życiu. Postanowiłem wybaczyć swojemu prześladowcy. Psychologia się kłania.

– Jasne. Wzruszyłem się – odparował chamsko. – O, widzę, że ktoś tu się dorobił najnowszego smartfona. Ciekawe, ciekawe...

– Czyżby nie widział pan ostatnio mojej twarzy w telewizji? Proszę znaleźć nagrania w sieci. Z pewnością się panu spodobają. Bycie gwiazdą mediów to całkiem dochodowy interes. Zresztą widzę, że nie tylko mnie się powodzi – zauważyłem z ironią, po czym poklepałem go lekko po wystającym brzuchu. Policjant odsunął się, speszony lub zirytowany. – Może to pan maczał w tym wszystkim palce? Przecież był pan na miejscu w dniu przechwycenia mnie z rąk porywacza...

– Jak śmiesz?! – oburzył się, zaciskając pięści.

– No nie wiem, różne rzeczy się słyszy – odparłem niefrasobliwie. – Z drugiej strony... choć pańskie podejrzenia wobec mnie okazały się absurdalne, to jednak pana dociekliwość była imponująca – postanowiłem trochę połechtać jego ego. – Marnuje się pan w policji. Może jakieś biuro detektywistyczne? Tylko proszę nie działać pochopnie! Nie każdym tropem należy podążać, bo czasem prowadzi w pole. Chociaż podobno trzeba ufać intuicji. Cóż, spieszę się. Życzę panu miłego dnia!

Gdy wyszedłem na parking, uśmiechnąłem się z satysfakcją.

– Miło cię znowu widzieć, Dominiku! – szepnąłem do siebie.

Laura wyczekiwała mnie niecierpliwie.

– No, w końcu jesteś! Już myślałam, że i ciebie zamknęli!

– Aż tak długo mnie nie było?

– A owszem! – mruknęła, ale w następnej chwili machnęła ręką. – Nieważne, dzisiaj ci wybaczam. A właśnie, bo jeszcze bym zapomniała! – Odwróciła się do tyłu i sięgnęła po małą paczkę. – Proszę, to dla ciebie. Wszystkiego najlepszego!

– Nie trzeba było! Ale dziękuję! – powiedziałem wzruszony, po czym uścisnąłem Laurę z wdzięcznością.

– Trzeba, nie trzeba. Chciałam, to daję.

– Otworzę w domu, dobrze? A teraz zapraszam cię na urodzinową kawę i ciacho. Musimy uczcić ten dzień!

Pojechaliśmy do eleganckiej restauracji w centrum Daventry. Wnętrze lokalu było zdumiewające i zachwycające. Wszystkie ściany ozdobiono przepięknymi, ręcznie malowanymi obrazami w złotych ramach. Okna zakrywały delikatne, koronkowe firanki. Z sufitu zwisały żyrandole imitujące kryształy, a na podłodze ułożone były mozaikowe kafle. Wnętrze upiększały też meble z epoki wiktoriańskiej. Nawet obsługa była elegancko ubrana, jak nigdzie indziej w tym mieście.

– Zawsze chciałam tu przyjść, ale jakoś nigdy nie miałam okazji – zauważyła Laura, podnosząc oczy znad menu.

– W sumie ja też. Cieszę się, że to nasz wspólny pierwszy raz – zaśmiałem się. – Akurat dzisiaj, w taki wyjątkowy dzień.

– Co państwu podać? – spytała kelnerka, która nagle wyrosła przy naszym stoliku.

– Dwie białe kawy oraz dwa biszkopty królowej Wiktorii.

Otrzymaliśmy zamówienie w ekspresowym tempie. Przez chwilę delektowaliśmy się w ciszy.

- Mhm, tego mi było dzisiaj trzeba - oświadczyła Laura, nie mogąc już się powstrzymać, by wyrazić swój zachwyt wybornym ciastem i urodą tego miejsca.

- Czy chcesz się dowiedzieć, co robiłem podczas ostatnich kilku miesięcy? - zapytałem, uśmiechając się tajemniczo.

- Ty się jeszcze pytasz?!

Opowiedziałem jej całą historię. Nie pominąłem niczego. Słuchała mnie z otwartą buzią.

- Nie wierzę! - wydusiła z siebie po wszystkim, odkładając na talerzyk łyżeczkę, którą mimowolnie obracała przez cały czas w palcach. - Ja cię kręcę! Nie zasnę dzisiaj, to gwarantowane! - emocjonowała się.

- Chciałem, abyś poznała tę historię. Oczywiście proszę cię o dyskrecję...

Uciszyła mnie ruchem dłoni.

- Spokojnie, nawet nie musisz o tym wspominać, nikomu nie powiem! - zapewniła. - Ale trudno mi w to wszystko uwierzyć! Wow! Myślałam, że takie rzeczy są tylko w filmach!

- Uwierz, że ja też!

Kiedy odstawiła mnie później pod dom, po raz pierwszy zatrzymała się na miejscu parkingowym; dotychczas zawsze blokowała swoim autem wąską uliczkę, czym denerwowała innych kierowców.

- Co teraz? - spytała, zerkając w moją stronę.

- To znaczy?

– Co zamierzasz robić teraz, gdy już jest po wszystkim?

– Wiesz, że nie lubię planować. Z trudem aranżowałem wszystko do tej pory! – przyznałem i westchnąłem. – Zauważyłem, że lepiej za bardzo nie ingerować w przyszłość. Po co, skoro życie i tak pisze własne scenariusze. Powiedz, czy tak nie jest?

– Zgadza się.

– Wiem, że czasem za bardzo osiadam na laurach, to też fakt. Ale, jak widzisz, wcale źle na tym nie wychodzę. To cały ja.

– Coś w tym jest – przyznała. – Zawsze byłeś... inny. I taki pozostań! Zapamiętaj też, że w każdej sytuacji możesz na mnie liczyć. – Uśmiechnęła się ciepło. – No dobra, spadaj już, bo zaraz zaczyna się mój serial.

*

Wróciłem do pustego mieszkania. Rose miała wolny dzień, a w takim przypadku nigdy nie zostawała w domu. Zawsze uwielbiała samotne wycieczki. Pewnie dopiero wieczorem usiądziemy wspólnie przy urodzinowym kieliszku wina.

Do tego czasu postanowiłem wziąć szybką kąpiel, a potem wskoczyć w przytulny kocyk z rękawami i kapturem. Zaciągnąłem zasłony, żeby było bardziej kameralnie, i zaparzyłem herbatę imbirową. Potem usiadłem na łóżku z laptopem w dłoniach, żeby wyszukać jakiś film na Netfliksie.

Co zamierzasz teraz robić? – rozbrzmiało mi w głowie pytanie Laury.

– Naprawdę nie wiem! – odpowiedziałem na głos. – Mam jednak nadzieję, że niebawem się dowiem.

Już miałem uruchomić przeglądarkę, kiedy w oko wpadł mi stary dokument tekstowy na pulpicie. Był to zwykły raport miesięczny z poprzedniej firmy – już dawno powinienem był go usunąć. Teraz jednak wpatrywałem się w niego, i nagle mnie olśniło.

– No przecież! Czemu nie?! – krzyknąłem w euforii.

Otworzyłem plik i pozbyłem się zawartości. Kursor zaczął zachęcająco mrugać na początku strony. Zanotowałem na próbę kilka słów, a potem przyjrzałem się im krytycznie, odchylając głowę.

– Nie, zapisz to jakoś inaczej! – mruknąłem do siebie. – O, wiem!

Przelałem do edytora, co miałem na myśli, i uśmiechnąłem się.

To była kropla w morzu, ale już mi się podobało. Spojrzałem raz jeszcze.

Na ekranie widniały zdania: *Obudził mnie dźwięk przejeżdżającego w pobliżu motocykla. Kaszlący silnik najwyraźniej usiłował uświadomić właścicielowi, że jego pojazd powinien już przejść na emeryturę...*

KONIEC

www.ingramcontent.com/pod-product-compliance
Lightning Source LLC
LaVergne TN
LVHW040143080526
838202LV00042B/3009